EL
REGRESO

FLAVIO GIRARDELLI

Youcanprint *Self-Publishing*

Titolo | El regreso
Autore | Flavio Girardelli
ISBN | 978-88-91167-98-9

Traducción C. Folch y revisión Jessica Ceotto
Portada by Uniquedesignxx www.melarts.com
Photo by Flavio Girardelli – Cima d'Asta e Caldenave

© Tutti i diritti riservati all'Autore
Nessuna parte di questo libro
può essere riprodotta senza il
preventivo assenso dell'Autore.

Youcanprint Self-Publishing
Via Roma 73 – 73039 Tricase (LE)
info@youcanprint.it
www.youcanprint.it

VERANO

Verano. Domingo. Sol en todo lo alto. Calor. El horizonte parecía ondular en el aire, casi bailaba por el efecto del vaho que desprendía el asfalto. Un grupo de amigos se dirigen al Lago di Garda en una furgoneta, una Volkswagen Combi, a la que llamaban afectuosamente Camomila, por sus prestaciones en la carretera. Era de color azul, un tanto descolorido, con dibujos a los lados: una enorme guitarra en el izquierdo y una gran águila en el derecho. Un llamativo trozo de alambre sostenía el parachoques; un golpe resultado de una incauta maniobra marcha atrás, gracias a la cual Lorenzo recordaría, para siempre, que los muros, aunque sean bajos, difícilmente ceden. Los chicos esperaban que en esta ocasión la Guardia Civil no les detuviera, ya que tendrían motivos para ponerles una buena multa o, incluso, para inmovilizar el vehículo. Pobre furgoneta, era tan vieja que se notaba hasta en su interior: los asientos de tela roja, apenas conservaban su color original, ya desgastado y, en su lugar, lucían vistosas manchas de todo tipo y el salpicadero estaba lleno de pegatinas e inscripciones diversas. Peter, el tío alemán de Giorgio que vivía en Hannover, se la regaló por su decimoctavo cumpleaños, después de custodiarla hasta ese momento, para que la disfrutara aquel sobrino que, como él, tocaba en un grupo que le recordaba a su juventud. Giorgio y sus amigos la llamaban Camomila "la mítica", con ella habían librado diversas batallas en su adolescencia: conciertos, excursiones a la montaña, al mar, habían corrido aventuras por media Italia e incluso alguna por el extranjero.

Dejaban colgar los pies por fuera de la ventana mientras cantaban canciones de Vasco, Liga, Springsteen o Bob Marley.

Luego se recreaban con un par de grupos locales como, por ejemplo, los famosos Bastard y la frenética música de Los Squirties, la banda en la que tocaba su apreciado amigo Joe Barbaroja (le habían puesto ese mote por la barba rojiza con trencitas que tenía). Se notaba el ambiente de vacaciones después de haber pasado meses de duro trabajo. En la furgoneta el aire era un tanto pesado ya que los chicos habían estado de fiesta hasta la madrugada y el olor a humanidad era tan intenso, que se podía cortar. Los asientos estaban llenos de migas y había latas de cerveza vacías rodando por el suelo. Un misterioso calcetín negro, del que nadie asumía la responsabilidad, aleteaba de aquí para allá maloliente y amenazante.

Los chicos eran amigos desde la infancia. Ahora todos tenían veintitrés años. Habían dejado a sus novias en casa para disfrutar de un reencuentro entre colegas, como en los viejos tiempos. Después de tres años, ya tocaba un fin de semana juntos. El reencuentro les devolvía a su niñez. Iban a pasar el día en el lago como antaño. De todo el grupo, sólo faltaba Alessandro porque su chica no quería que fuese con ellos. Decía que lo llevaban por el mal camino. ¡Qué ilusa!... La pobre creía haberle enderezado simplemente porque le obligaba a ir a la iglesia y no le permitía salir por las noches si no era con ella. En efecto, lo tenía a raya, pero la secuestradora no sabía que, cuando se le presentaba la ocasión, Alessandro visitaba a su mejor amiga. Además, también en secreto, una vez al mes se escapaba con sus colegas de trabajo a beber unas cervezas y, de tanto en tanto, también caía alguna escapadita al club nocturno para disfrutar de las strippers. Pero ahora el grupo se había ido de viaje sin él y, sin lugar a duda, se iba a perder, una buena juerga con ellos.

Entre los amigos se encontraban Giorgio, el greñas y Giorgio, el metal. Este último tocaba la guitarra eléctrica en un grupo local.

Tenía un enorme tatuaje en forma de águila en la espalda y, en el pecho, sobre el corazón, uno que representaba una atronadora y fiera Gibson. También lucía ocho pendientes en sus orejas y un par de piercings: uno en el pezón derecho y otro en la nariz. Llevaba la música en la sangre y era un tipo muy apreciado, tanto por los amantes del metal como por las chicas que suspiraban por aquel pobre diablo. Paradójicamente, también era un chico serio y fiel; llevaba casi cinco años con su Patty, quien le seguía, entusiasta, a todos sus conciertos. A ninguno se le habría pasado por la cabeza ser infiel, ni dudar de su historia de amor; formaban una pareja muy maja y estaban profundamente enamorados.

Todos los amigos, en la adolescencia, ya sea mejor o peor, habían intentado tocar algún instrumento; primero la guitarra y después algún otro. A menudo se motivaban contagiados por el entusiasmo de emular a sus ídolos, aunque pronto se descorazonaban al no obtener mejores resultados de inmediato. De entre todos ellos, sólo Giorgio, el metal, había conseguido mantener esa pasión. Desafortunadamente, aunque se le daba bien, no podía vivir sólo de la música, pero la satisfacción que le reportaba, le motivaba para alternar sus noches de conciertos con el trabajo de barman en un pequeño local de la carretera estatal de Valsugana.

Después estaba Lorenzo, el tímido, el que seguramente era, de entre todos, el más tranquilo y centrado: aunque el mundo se estuviera viniendo abajo, él nunca se alteraba. Más de una vez había salvado el pellejo a sus amigos, interviniendo al primer indicio de pelea entre ellos o llevándoles a casa después de que una borrachera les dejara en condiciones lamentables. Era un chico alto, medía casi un metro ochenta, pesaba unos noventa kilos, de rostro sereno y redondo, pelo negro, ojos verdes y una bonita sonrisa. Tenía la nariz muy pronunciada, por lo que le habían adjudicado el mote de "aguilucho" (refiriéndose a un águila de gran pico). Lorenzo no concebía ni la traición ni la superficialidad. Estaba terminando sus estudios de ingeniería mecánica, le iba muy bien y veía su futuro lleno de éxitos trabajando para alguna de las empresas de la zona en un sector que estaba en pleno apogeo.

Otro miembro del grupo, que tampoco pasaba inadvertido, era Augusto, al que llamaban "el Coloso". Un tipo mastodóntico: medía un metro noventa y cinco y pesaba ciento veinte kilos. Según su madre tendría que haber sido médico pero él había elegido otro camino: la arquitectura. Le faltaban unos pocos exámenes además del proyecto, pero ya se vislumbraba que ante él se abriría una vida brillante con un futuro lleno de grandes posibilidades. Algún estudio de arquitectos ya le había tanteado para ofrecerle trabajo como becario. Sin embargo, ya que su padre era un famoso y rico constructor de diques y puentes, que trabajaba mucho en China, rehusó las ofertas, al tener claro que su futuro laboral habría pasado por aquel país. Sentía igual pasión por la comida que por las mujeres a las que, a veces, se ligaba gracias a su innata simpatía, estrategia ésta, que solía reforzar con una cartera siempre llena y con su físico. A pesar de su talla, su bello rostro transmitía delicadeza y dulzura y además sabía ser un chico cortés y afable. En resumen; era un auténtico Don Juan que, una vez conquistada su presa, siempre acababa por engañarla ¡Nunca conseguía ser fiel!

Por último, estaba Emanuele, el abstemio del grupo, como le definían. Era el que siempre conducía la furgoneta. Solía beber, como mucho, un par de copas, pero sólo del vino que él producía. A diferencia de los otros, había nacido en Verona, fuera de la provincia del Trentino, pero de pequeño se había mudado con su familia a la capital trentina por el trabajo de su padre, un importante directivo de empresa. Al principio le costó el cambio pero, con el tiempo, se acabó adaptando bien. Cuando terminó la escuela secundaria y la formación profesional, empezó a seguir una de sus pasiones nacida de los esplendidos campos que rodeaban Verona y su vocación acabó siendo su trabajo: viticultor. Al cabo de unos años, había conseguido abrir una pequeña cantina donde vendía orgulloso su propio vino a granel.

Emanuele era el único del grupo que había sentado los fundamentos para formar una familia: pensaba casarse algún día con su adorada Giuliana.

Por fin llegaron muy cerca del lago, en la zona de estacionamiento. Extrañamente, aquella mañana de sol esplendoroso no parecía convocar al gentío que solía invadir caóticamente el aparcamiento y el paseo que circundaba el lago. Una vez aparcada Camomila, se encaminaron hacía un pequeño rincón de la playa donde, a menudo, desde que tenían dieciocho años, pasaban el fin de semana. Era una playa muy agradable, cerca de un parque con un quiosco en el que podían tomar algo de beber o comer un helado. A pocos metros había un pequeño muelle. Se podía escuchar el romper de las olas que formaban una nube de gotitas que la brisa transportaba. Con tan pocos visitantes pudieron coger un buen sitio en la mejor zona donde extender sus toallas. El agua del lago brillaba y su espectacular resplandor se extendía por todo el paseo. Los chicos se pusieron sus bañadores y se untaron apenas un poco de crema protectora, convencidos de que, de echarse más, no cogerían ni un poco de color. Menos Lorenzo, más preocupado por evitar quemarse que por su bronceado, se puso casi medio tubo de crema de máxima protección solar. Tal cantidad le dejó el rostro y el cuerpo completamente blanco y oleoso. Sus amigos no dudaron en burlarse de su aspecto. Lorenzo tenía un miedo atroz a las quemaduras solares ya que, en una ocasión cuando era muy pequeño, su madre le había dejado en una tumbona, con la mitad del cuerpo a la sombra y las piernas al sol. Al final del día, casi se le habían tostado. Los chicos se tendieron en sus toallas, gozando del agradable tacto de los rayos del sol sobre sus cuerpos. Al cabo de un rato, comenzó a llegar más gente para disfrutar del buen tiempo: parejas, solteros, grupos de amigos, gente con sus vestimentas absurdas que eran, obviamente, motivo de mofas y risas para el grupo de amigos. Cuando algunas chicas pasaban por su lado, fingían mirar a otra parte, pero con el rabillo del ojo las examinaban de arriba a abajo, recreándose en las zonas que creían más interesantes. Entonces, pasó una chica en topless, Augusto hizo el intento de levantarse pero sus amigos le retuvieron cogiéndole por una pierna devolviéndolo al suelo, donde fue vapuleado entre bromas y risas con el diario, las toallas y cualquier cosa que tuvieran a mano.

Eran las siete de la mañana y Francesca estaba impaciente por salir de su habitación del hotel para pasar su último día de vacaciones en Trentino. Recientemente se había licenciado en Economía y Comercio y estaba muy contenta. Después del verano, empezaría su andadura profesional en una importante empresa de Vicenza y, lo más importante, se independizaría lejos de casa, sin padres que la controlaran. Mamá y Papá, por su graduación, le habían regalado esas vacaciones y una vez de vuelta, le esperaba un segundo regalo que le habían prometido al iniciar sus estudios universitarios: un billete para viajar a Japón.

Sus progenitores tenían una gran empresa del sector aeroespacial en Padua. Su padre era de esa zona, mientras que su madre era de origen calabrés. Se conocieron durante unas vacaciones que Raimundo, el padre de Francesca, quiso pasar con unos amigos en Tropea, Calabria. A los pocos días se fijó en aquella morenaza de ojos profundos, grandes y oscuros, con grandes pechos y caderas anchas. Una auténtica belleza mediterránea. Le costó lo suyo que aceptara tener cita, a la que siguieron otras muchas. Prácticamente salieron juntos a pasear, por el día o por la tarde, durante todas las vacaciones. Ella trabajaba en el campo y, cuando podía, se alejaba de sus padres con cualquier excusa para ir a ver a Raimundo. El último día de vacaciones, en una pequeña playa escondida entre las rocas, en la intimidad de una noche sin estrellas, hicieron el amor envueltos en el perfume de la sal y de la pasión, mientras dibujaban sus cuerpos en la arena. Un par de meses después de volver a Padua, los padres de la chica contactaron con Raimundo muy enfadados porque la chica estaba embarazada. Después de dar las explicaciones pertinentes a cada parte, con mucha tensión en el ambiente, finalmente, se serenó ya que el embarazo era más que evidente. Durante el encuentro, los enamorados fueron severamente censurados, mirándose fijamente a los ojos, con las manos cogidas y sin mediar palabra. Al final, todos convinieron que los jóvenes debían casarse para reparar ese hecho fortuito, a pesar de su juventud y de su breve noviazgo. María y Raimundo concibieron a Francesca en su noche de amor, en aquella cálida y coqueta playa. Ahora, ambos rondaban la cincuentena y llevaban más de una veintena de años viviendo juntos tan enamorados como entonces, gozando intensamente de su amor y de su vida conyugal.

Francesca estaba fascinada por el país del Sol Naciente. Le gustaba todo de Japón: los bonsáis diminutos (en casa tenía cuatro), la armonía entre pasado y presente, entre la tradición y la modernidad, las metrópolis gigantescas súper pobladas y su aparente caos, donde imperaba el respeto por las leyes, las personas y un tipo de organización casi maníaca. Le encantaba el sushi así como el modo refinado y delicado que tenían de preparar cualquier alimento. Era una fervorosa amante de la cultura oriental, la civilización y la tradición del imperio, de los samuráis y de las geishas. Amaba, incluso, los cómics manga y encontraba el erotismo japonés en las cosas más sutiles e intrigantes.

Como su madre, Francesca era una hermosa morenaza de un metro sesenta de altura, con profundos ojos negros y una tez de alabastro que, con el sol, daba la sensación de que tuviera reflejos ámbar. Tenía el pelo largo, por debajo de los hombros, y lo llevaba recogido con trencitas. Parecía una medusa - ¡qué peligro mirar aquellos ojos! - eran como dos profundos mares negros que emanaban feminidad y delicadeza, capaces de encantar a aquellos que, incautamente, se cruzaban con su mirada. En su muñeca izquierda llevaba un pequeño tatuaje de una rosa tribal y en el tobillo derecho un delfín rosa. A sus veinticinco años era una soltera convencida. Su intención era divertirse sin comprometerse con nadie. Hasta el momento, sólo había tenido una historia de amor relevante de casi dos años, ella seguía enamorada pero acabó trastornada y decepcionada cuando su novio le dijo que quería romper con ella. Desde ese momento Francesca reorganizó su lista de prioridades: sus estudios, la carrera, realizarse en su trabajo, tener casa propia y quizá, en un futuro, llevar incluso su propia empresa. En aquellas tres semanas de vacaciones se había divertido mucho: había ido de compras, a restaurantes, discotecas y locales de moda, alguna que otra noche había nadado, disfrutado de largos paseos relajantes y de maravillosas vistas. También había conocido a gente del lugar, como Dina, una simpática viejecita que vivía en una calle muy comercial, en un minúsculo apartamento. Cada vez que la visitaba le invitaba a subir para tomar un café y contarle historietas de cuando era joven. Al mediodía, antes de comer, a Francesca le encantaba tomar un aperitivo o comerse un sabroso helado de fruta. Su preferido era el cucurucho de mandarina y limón. Lo degustaba lentamente, vigilando que no se le derritiera entre los dedos y le acabara cayendo en el vestido. A veces se divertía provocando un poco de caos: caminaba por el paseo paralelo al lago, en la zona más frecuentada por los bañistas, vestida con ropa ajustada que resaltaba su belleza. Caminaba despacio, observando divertida las reacciones pueriles de los hombres: algunos se limitaban a sonreír de manera estúpida, mirándola con la vana esperanza de atraer su atención. Había quienes metían la panza y posaban (tipo estatua griega) y quienes hacían comentarios explícitos, incluso vulgares, sobre sus curvas femeninas. Una vez, un hombre que ya no era ningún jovencito, le había hecho reír de verdad. Se paró frente a ella e hizo una ridícula pose que pretendía ser sexy pero no lo era en absoluto. Luego, como signo viril, se metió torpemente el pañuelo dentro de su traje, estrategia que resultó penosa ya que de entre los pequeños jirones de tela asomó parte de su mísera ropa interior. Por si fuera poco, defendió aquella maniobra mostrando la mejor de sus sonrisas cuando, desafortunadamente, al tipo se le cayó la dentadura al suelo. A Francesca le encantaban aquellas, conscientes o no, muestras de admiración masculina y, al mismo tiempo, le gustaba provocar miradas de odio de las mujeres que envidiaban su sensual y elegante físico, su prominente feminidad y su aspecto travieso y radiante. Durante sus vacaciones, muchos intentaron cortejarla, pero aquella flor había escogido a unos pocos afortunados con los que creía que podría divertirse dentro y fuera de una buena cama. Había practicado el sexo con libertad, con un camarero y con el encargado del hotel, varias veces y en lugares poco comunes: en la cocina, en la cámara frigorífica o en el desván de la ropa sucia. Eran dos chicos muy cariñosos. El primero tenía unos treinta años, licenciado en ingeniería, se ganaba unos cuantos billetes trabajando como camarero de temporada al no encontrar trabajo en su sector. El encargado, aún no tenía los veinte. Además de ellos, el primer día de vacaciones conoció a un hombre de mediana edad, que le había roto la fantasía cuando le dijo que estaba casado y tenía tres hijos. Se alojaba en un hotel a menos de cincuenta metros del suyo. Cada vez que lo tenía a tiro le echaba el ojo y le seducía con miradas y sonrisas provocativas. Al principio, el hombre parecía no reaccionar pero pronto cayó en la tentación. Después de cuatro días aprovechó la primera oportunidad que tuvo para conocerla. Aquel día, Francesca estaba sentada en una mesa en la terraza de un bar de estilo barroco. Con las gafas de sol en la cabeza, miraba el lago mientras disfrutaba de una copa de Pinot grigio. Cuando vio que él se sentaba en la mesa de al lado, le sonrió pensando que, quizá, su presa había por fin caído en la trampa. Se terminó el vino mientras el hombre seguía allí sentado sin decir nada. Fingía mirar alrededor y, de cuando en cuando, la miraba sin saber cómo moverse ni qué hacer. Quizá tenía miedo a ser descubierto por su mujer que, oportunamente, le había dejado solo para ir de compras con sus hijos. Él se había disculpado alegando que no se encontraba demasiado bien. Francesca empezó a observarlo, parecía querer estudiar todos sus rasgos faciales, corporales y sus más ínfimos gestos. El hombre pareció percatarse de que estaba siendo minuciosamente estudiado por ella y empezó a mover su pierna, nerviosamente. Ella le hizo una mueca con los labios, después se levantó, le cogió de la mano y se lo llevó dentro. Pasaron la tarde encerrados en su habitación. Cuando se fue, satisfecha de su conquista, salió a bailar y a beber hasta el amanecer, hasta salir completamente borracha del local.

INSTANTES

Era una chica de familia acomodada, muy seria, respetuosa con las normas y severa consigo misma. Pero cuando estaba de vacaciones, libre de compromisos y obligaciones, le gustaba pasárselo bien, de manera prudente, aunque sin renunciar a alguna que otra pequeña transgresión. En el sexo tomaba, y hacía tomar a su compañero, las debidas precauciones. Era una chica muy sana y le gustaba practicar deporte. En resumen, no le faltaba de nada y, allí, en aquel espléndido lugar engastado entre montañas, lucía un sol que parecía sonreír a su vida, a su carrera y a su radiante futuro. ¡Francesca creía tener el mundo entero en sus manos! Con las maletas listas para su regreso, estaba sentada en el bar del hotel bebiendo un zumo de frutas. Antes de volver, decidió dar un último adiós al lago y ver a los patos que allí nadaban. Quería volver a ver la imponente estatua barroca de San Giovanni Nepomuceno y la Piazza della Catena que lucía esplendida y majestuosa en la ribera del lago. Había visitado aquella ciudad sin perder detalle, pero no le bastaba y, como tenía tiempo, decidió dar el último paseo. Visitó otra vez la Piazza III Novembre, el majestuoso Palazzo Pretorio y a la Chiesa dell'Inviolata, su preferida. Le encantaban su estilo arquitectónico barroco, los fascinantes frescos de la cúpula y las pinturas de su interior. Aquel lugar le transmitía una sensación extraña, como si albergara a una entidad misteriosa, una especie de presencia mágica.

Volviendo sobre sus pasos recorrió las avenidas donde bailaban las viejas encinas acariciadas por la brisa. Sus ramas nudosas parecían inclinarse ante ella para saludarle. El aire transportaba un fresco y placentero perfume a limón. Después volvió al lago, allí fue golpeada por un chico un tanto torpe. Era uno de aquellos cuatro chicos que había visto llegar al lago, por un caminito lateral. Giorgio, Augusto, Lorenzo y Emanuele estaban dando una vuelta mientras jugueteaban entre ellos. Cuando la vieron le empujaron contra Lorenzo para gastar una broma al amigo que antes en la playa había dicho:

"¡Una cosa tan hermosa... alguien como yo no la rozaría jamás!"

Tan pronto se dio cuenta de que le había golpeado con el codo, Lorenzo cogió instintivamente a Francesca por el brazo, por miedo a que se cayera al agua. Mientras la sujetaba y le pedía disculpas repetidamente, se giró muy enfadado hacia sus amigos, que le habían hecho hacer aquella tontería. Apenas su mano le rozó la piel, Francesca notó que el corazón le dio un vuelco y un sofoco, seguido de un escalofrío que le recorrió el cuerpo entero. El corazón se le aceleró, estaba trastornada, no entendía qué le estaba ocurriendo pero lo disimuló ofreciendo una sonrisa a aquel chico que la sujetaba. Tenía el corazón en la boca, se sentía desnuda, despojada por completo de su fuerza interior, impotente, respiraba con dificultad, como si le faltara el aire. El color ámbar de su piel se tornó en rubor rosado. Era una sensación extraña, desconocida: no podía reaccionar. No era propio de ella, deshacerse como un helado al sol, delante de un chico.... Él estaba rojo de rabia por las risas de sus amigos. Los ojos de los dos jóvenes se cruzaron por unos instantes, Lorenzo no pudo articular palabra. ¡Madre mía, qué cuerpazo!, pensaba. Francesca, presa del pánico disimuló su inquietud. La escena, que a ellos les pareció eterna, sólo duro unos cuantos segundos. Después, Lorenzo se giró bruscamente, hizo un gesto con la mano para saludarla mientras soltó un "Hola" y se alejó unos metros hasta reunirse con sus amigos. Cuando les alcanzó, todo acabó entre risas como siempre. Francesca siguió paralizada algunos minutos más, antes de darse cuenta de que estaba sola.

VACACIONES EN FAMILIA

En verano, los colores del alba, entre los montes del Trentino, son tan intensos que parecen acompañarse de una suave armonía. La vida se despierta con el eco de los primeros murmullos. No es extraño cruzarse de madrugada con algún corzo o algún excursionista que, con la mochila a la espalda, está listo para empezar una larga caminata por alguno de los muchos senderos del monte. Desde las primeras luces del día que, con la suavidad de un pincel se deslizan desde las laderas hasta las cimas, la vista queda hipnotizada por las imponentes montañas que circundan la Val Campelle. Esas majestuosas montañas parecen las madres protectoras que abrazan a su hijo, el valle alpino. A primera hora, los coches van apareciendo. Los turistas llegan al idílico lugar en busca de un poco de paz, de naturaleza, de diversión y de aire fresco. Para ellos es un sueño poder gozar de un ambiente puro, inmersos en plena naturaleza y salir, por fin, de la sofocante ciudad. Aquí se pueden relajar con un buen paseo, charlando tranquilamente, durmiendo una siestecilla bajo un pino, visitando algún pasto de montaña o alguna granja de turismo rural donde degustar los productos típicos del Trentino. Los prados están llenos de rocas enormes ideales para sentarse a admirar las vistas. Cerca de una de ellas, hay un pequeño abeto que esconde, bajo su sombra, una solitaria seta; es una seta calabaza que parece esconderse allí para evitar que alguien se la coma. Una ligera brisa cosquillea y pellizca la cara. Al caminar por el sendero que conduce a un grupo de refugios hacía el Passo Cinque Croci, da la sensación de oír un grito ahogado, una especie de saludo que los abetos entonan cuando la brisa los mueve delicada y rítmicamente. En el bosque se oye el rugir del torrente caudaloso que baja vivamente. En sus aguas cristalinas, piedras de todas las formas y colores, ruedan clamorosas, descontentas y cansadas, deseando poder reposar en un rincón de aquel maravilloso lugar. El agua está muy fría, nace en los lagos alpinos, a dos mil metros de altura.

En una curva, un hombre que parece tener cien años, está sentado con la mochila a la espalda, sobre un trozo de tronco. Viste una camisa de lana con grandes cuadros verdes y rojos, pantalones gruesos, botas de montaña y un gorro folclórico de pana verde oscuro, decorado con una flor alpina y una pequeña pluma gris. Tiene el rostro lleno de profundas arrugas, surcos que son testimonio de una vida dura en aquellos parajes montañosos. Su piel rojiza resalta sus ojos azules que contrastan como aguas marinas en una tela de color rubí. El hombre fuma en pipa con aire absorto, mientras sus gélidos ojos escudriñan el paisaje con el que parece estar fusionado. Repican las campanas. Las vacas campan libres por todas partes comiendo la hierba verde y fresca que allí crece. Parecen cansadas y aburridas, cuando levantan la cabeza y observan lentamente a su alrededor. A veces, se detienen al paso de cualquier persona que se cruza en su visión. Puede que, en ese momento, las vacas cuando miran a la gente, piensen:

"Mira ese idiota humano cómo me mira, como si no hubiera visto comer a nadie antes...". Indiferentes, sin prestar más atención a los que las observan y las distraen de sus quehaceres, vuelven a pastar la hierba fresca. Un gracioso ternerito negro, con el pelo enmarañado, se mueve nervioso y muge fuertemente, dando a entender a su madre que se ha quedado con hambre; quiere más leche.

Sobre el alféizar de madera, un pinzón, del tamaño de la palma de una mano, da saltitos buscando algo de comer y, de vez en cuando, da un golpecito en el cristal de la ventana con el pico. Tiene el pecho rosado y la cabeza de un azul delicado. Su canto estridente penetra incluso en los sueños de aquel que duerme más profundamente. Las tímidas primeras luces del alba empiezan a deslizarse por los muros, alcanzando la habitación. Cuando la luz se proyecta en los objetos sombríos éstos van vislumbrando sus formas y colores dando vida al habitáculo. Cerca de la puerta, hay colgado en la pared un cuadro de un atardecer alpino. Al lado, una percha con un par de sombreros colgados: uno de lana, sencillo y negro, y el otro violeta, lleno de dibujos de flores y animales. Ropa arrugada cuelga en la silla. El sol parece detenerse algunos segundos sobre la mesilla de noche, admirando aquel reloj tallado en madera en forma de sombrero alpino. Las manecillas señalan las siete de la mañana.

Lorenzo se dio la vuelta, se frotó los ojos y miró el reloj. Después suspiró, estiró los brazos y todo su cuerpo, vigilando que no despertara a su mujer. Mientras la miraba, esbozó una sonrisa complaciente. Aquella noche habían hecho el amor. Esos susurros, esas palabras casi ahogadas, la respiración intensa, los gemidos. Aquellos cuerpos ardientes y llenos de pasión, las caricias deseadas, el calor buscado, el olor a carne consumida con ímpetu y que languidece en el abrazo, ablandándose como un niño alimentado por pechos turgentes, que una vez saciado, se acurruca en brazos de su madre para dormirse. Ella apoyaba su cara en su pecho, mientras él le acariciaba sus cabellos. Lorenzo tenía que levantarse pero antes miró como las sábanas envolvían armoniosamente su cuerpo, esas curvas voluptuosas. Era como el cuadro que le hubiera gustado pintar. Mientras, la vida se imponía después del descanso nocturno, al entrar en escena, prepotente, el sonido del despertador. Tenían media hora para prepararse para ir de excursión.

"¡Demonios, menuda lata de alarma!", exclamó Lorenzo en voz baja, mientras trataba de apagar aquel ruido infernal para regalar algunos minutos de sueño a Francesca. Finalmente se levantó de la cama. Aquella mañana hacía frío para estar en calzoncillos, por lo que se esmeró en vestirse. Decidió ir a la cocina a preparar el desayuno. Le encantaba hacer el café, con aquel aroma intenso que desprendía. No sabía por qué pero le daba una sensación gratificante. Se puso las zapatillas de casa y bajó las escaleras intentando que no crujieran. Eran de madera, como toda la cabaña. Se cogió al pasamanos, ya que estaba aún adormilado y temía tropezarse. Cuando llegó a la cocina, miró por la ventana y vio al pajarito y el precioso día que les aguardaba. Había llovido un poco, unas nubes pasajeras atravesaban raudas las montañas pero, en breve, desaparecerían dejando tras de sí el olor a tierra mojada y el cielo despejado. Las tres semanas de vacaciones habían pasado muy deprisa y ya sólo les quedaban un par de días para volver a casa. Habían viajado bastante, alternando las jornadas de relax absoluto con paseos, juegos con las niñas y largas caminatas a lugares maravillosos. Habían visitado el Lago de Nassare, un lugar llamado Stellune y muchos otros rincones. Todo estaba sumergido por completo en aquel paraíso, en estrecho contacto con la naturaleza. Aquel viernes se habían propuesto ir a comer al albergue de Val Caldenave. La meseta estaba situada a mil setecientos metros de altura aproximadamente y, en medio, transcurría un riachuelo serpenteante de aguas cristalinas. En aquel lugar solían pastar los caballos y, unos pocos metros más arriba, había un refugio de montaña donde se podía acampar y comer buena comida. A su espalda, vigilaba imponente una enorme montaña que otorgaba a aquella estampa un aire surrealista de acuarela. Allí, Lorenzo había encontrado la serenidad y comprendido el valor del tiempo vivido en familia. En la montaña los días venían marcados por el alba y por el atardecer, sin mirar el reloj y sin necesidad de teléfono. Los días se habían convertido en gajos de vida verdadera que juntos formaban aquella roca, aquella mesa de piedra sobre la cual quedarían sus palabras, sus sonrisas, sus sueños y las emociones que allí habían experimentado.

En la montaña, el alma y el cuerpo rencuentran su esencia casi celestial.

El café empezó a borbotar en la cafetera y a desprender su aroma característico. De pronto, notó que una dulce y cálida mano le acariciaba sus cabellos enmarañados, mientras unos dedos le masajearon delicadamente el lóbulo de su oreja para, finalmente, recibir un beso en la mejilla. A pesar de que con el tiempo se había convertido en una rutina, siempre era agradable recibir caricias.

"Buenos días, cariño. ¿Quieres una taza de café o prefieres un zumo de naranja?".

"No, no, sírveme una taza de café. Esta mañana lo necesito, ¡no consigo despertarme!".

Lorenzo sirvió una taza humeante a su mujer y otra para él.

"¿Has dormido bien?".

"Sí tesoro, muy bien. No sé si será este sitio o el aire pero duermo perfectamente".

Desde de que habían llegado, estaba fascinada e impresionada por aquel lugar de cimas maravillosas, que parecían poder llegar a escribir en el cielo como lápices gigantes.

Francesca sonrió y empezó a beberse el café, sin azúcar. Aunque Lorenzo la piropeaba continuamente, ella sabía perfectamente que sus dos embarazos y sus cuarenta años habían redondeado un poco su figura y no quería empeorar. Estaba contenta, ya que, durante esas vacaciones había perdido un par de kilitos. El ejercicio, que raramente hacía en su vida urbana, y la comida sana, habían devuelto el equilibrio a su cuerpo y, sobretodo, a su mente. Se sentía plenamente regenerada.

"Voy a despertar a las niñas, tú acábate el café tranquilamente. Francesca.... ¿Sabes? Creo que deberíamos ponernos algo más de abrigo para nuestra excursión".

"De acuerdo, parece que fuera hace mucho frío. Oigo que el viento sopla fuerte y esta noche ha caído un aguacero...".

"Sí, es cierto, cariño".

Mientras respondía a su esposa, Lorenzo empezó a subir los escalones, abriendo después la puerta de la habitación donde dormían las niñas.

Se dirigió a la ventana y descorrió la cortina para dejar entrar la luz.

Enseguida, Carlota se cubrió la cara con las mantas y se giró refunfuñando:

"¡Buenos días, papi!".

Ariel abrió los ojos y, haciendo una mueca con la boca, saludó a su padre que esperaba recibir el beso de rigor que llegó puntal, iluminándole el rostro. Le encantaban los mimos, especialmente, los de su papá.

"¡Venga niñas, que hoy iremos a ver los caballos!".

"Sí papá ¡Ahora vamos! Nos quedamos cinco minutitos más en la cama...".

Oyendo la respuesta de Carlota, Lorenzo arqueó la ceja, se le acercó y propinándole un beso en la frente le respondió serio:

"Niñas, os doy cinco minutos, ¡sólo cinco minutos más!".

Después de unos segundos, las dos hermanitas, primero una y luego la otra, se llevaron las rodillas a la barriga, sujetándolas con los brazos y seguidamente las soltaron de golpe, como una catapulta, para quitarse de encima las mantas. Permanecieron algunos minutos más en la cama, levantando la cabeza para mirar por la ventana.

"Voy abajo, ¿vienes?".

"Sí, sí, voy...ve bajando...".

"Vale, pero no hagas enfadar a papá que hoy quiero ir a ver los caballos y las vacas...".

"¡Que te he dicho que sí, vete!".

Después de oír la respuesta malhumorada de su hermana, Ariel se levantó, se puso sus zapatillas peludas con forma de vaca, se fue al baño y luego bajó a la cocina para desayunar. Allí le esperaban un chocolate caliente y galletas de chocolate de las que le gustaban tanto. Como ella también había perdido un par de kilos podía comer todo aquello sin problemas. Mientras lo hacía, pensaba en lo insufrible que era su hermana respondiéndole de tan mala manera ¡era tan injusto!

Después de unos veinte minutos, Carlota apareció en la cocina con cara de dormida, llevaba de la mano a Tiffy, su osito de peluche negro.

"Buenos días, señorita, ya estaba a punto de ir a buscarte, ¿sabes? ¡Te estamos esperando todos para organizar la excursión! ¡Que no vuelva a pasar! ¿Entendido?

Ariel, que seguía sentada en la mesa comiendo galletas, se puso roja, alzó un poco los hombros y rió al oír la bronca propinada a su hermana.

"Pero mami, tengo sueño, ¿puedo irme a dormir un poquito más?".

"No, hoy vamos de excursión a ver los caballos y después a comer a un sitio muy bonito" "¡No seas caprichosa!".

"Vale...".

Carlota se sentó, lanzando una mirada a su hermana que aún reía, y empezó a tomarse el desayuno. Las hermanitas tenían cinco y seis años y tenían un carácter muy distinto. Ariel, la mayor, era una chica sensata, siempre sonriente y entusiasta, le encantaba descubrir cosas nuevas. Dependía totalmente de sus padres para vestirse, atarse los zapatos y bañarse. Era muy cariñosa, estaba muy pegada a sus padres y era muy obediente. Le gustaba leer cuentos de animales y hadas, el helado de pistacho y el queso. Por el contrario, Carlota era muy caprichosa. A diferencia de su hermanita, le gustaba jugar sola con su osito. También le gustaban los animales y la naturaleza: se quedaba absorta contemplando un prado o admirando una flor y a veces incluso le hablaba. Ella ya intentaba atarse los zapatos sola, le gustaba ser autónoma para vestirse pero sus padres no le dejaban, cosa que le provocaba frustración y mal humor. Aunque pretendía ocultarlo, le encantaba recibir mimos de sus papás. Ambas se parecían bastante a su padre pero la boca y los ojos quizá eran más parecidos a los de su madre. Tenían el cabello fino y largo de un color negro brillante.

Ariel era un poco más alta que Carlota, ambas eran regordetas y preciosas. Cuando sonreían sus caras se llenaban de la luminosidad y dulzuras típicas de los niños, dejando al descubierto los huecos de los dientes que les faltaban, detalle éste que las hacía aún más encantadoras. Eran casi las nueve cuando salieron. Subieron al coche de hidrógeno (el único modelo fabricado bajo el acuerdo de Londres de 2018, que imponía el uso exclusivo de dicho carburante para los vehículos de motor) y se dirigieron hacía el Ponte di Conseria, situado a un par de kilómetros de su refugio. Ya en el punto de salida, se colgaron las mochilas a la espalda y anduvieron en dirección a la colina más cercana, hacia el albergue de Caldevane. Después de tres horas y de una caminata espectacular, volvieron al coche. La excursión había sido muy dura, pero preciosa. Se habían encontrado con Enzo, un lugareño que tenía un rancho en el valle y que llevaba a algunos de sus clientes a hacer una excursión a caballo. Las niñas enloquecieron de emoción al ver los caballos. También habían visto muchas ardillas, vacas, lagos y flores. Estaban cansados pero había merecido la pena.

“Niñas, ¿vamos a ver a Ralf?”, sugirió Lorenzo mientras cargaba las mochilas en el coche y daba a las niñas camisetas secas para cambiarse.

“Síííí”, contestaron sin dudarlo.

Francesca y Lorenzo habían conocido a Ralf gracias a que Víctor, su hijo, un niño muy vivaz, había hecho amistad con Ariel y Carlota. Jugaron durante horas en los columpios y el tobogán. Mientras tanto, el papá del niño y los de las hermanitas se hicieron amigos. El padre de Ralf era muy divertido y franco. Tenía un peinado que no pasaba desapercibido: una gran mata de rizos de un color rojizo intenso. Con él estaba su compañera, Ana Paula, brasileña de nacimiento. La pareja se conoció durante las vacaciones que ella había pasado en Trentino, en un local que gestionaba Ralf, situado en un precioso puerto de montaña alpino, el Passo Manghen. Ella y unos amigos habían parado allí a comer algo, antes de retomar el camino hacia Cavalese para visitar la Val di Fiemme. Cuando acabaron de almorzar, sus amigos prosiguieron la ruta pero Ana Paula se quedó allí, para siempre. Era una abogada de éxito de São Paulo, tenía dieciocho años más que Ralf pero lo dejó todo por aquel chico de rizos de fuego.

Carlota hizo sonar el claxon:

“Papa, ¿nos vamos?”.

“Sí tesoro. Un momentito que le cambiamos los zapatos a Ariel y nos vamos”.

Lorenzo se inclinó para desatar los cordones a la niña.

“Carlota, sal de ahí, vamos, que tengo que entrar yo”.

“Ah, mama, ¿conduces tú?”.

“Sí”.

“¿En serio?, cuestionó Lorenzo sorprendido”.

“Sí, venga cariño, déjame conducir el coche nuevo. Aún no lo he llevado desde que lo compramos”.

“De acuerdo, pero mejor que conduzcas un rato el domingo, cuando volvamos a casa, así puedo disfrutar de las vistas sin el estrés de la conducción, ¿de acuerdo?”.

“¡Adjudicado, por mi, perfecto!”.

Francesca salió sonriendo del asiento del conductor. Lorenzo no se fiaba de ella como conductora. Algunas veces le había dicho que no sabía conducir bien y eso a ella le enfadaba muchísimo. Siempre que discutían, antes o después, acababa saliendo este reproche que agriaba más la discusión.

Entraron todos en el coche y se dirigieron al Passo Manghen. Las niñas estaban encantadas con la idea de volver a ver a su amigo Víctor.

“A propósito Lorenzo, ¿has vuelto a tener aquella pesadilla de la que me hablaste?”, interpeló Francesca casi susurrando. Su marido, sin apartar la vista de la carretera, contestó:

“Sí, esta noche también me he despertado sobresaltado por culpa del mismo sueño. Veo siempre aquel sitio: la habitación de paredes blancas, una cruz y un reloj y…no sé dónde estoy. Primero veo una luz muy intensa, después todo se oscurece y, de golpe, de nuevo se ilumina. Oigo voces pero no logro saber quién me habla ni lo qué dicen. Hay una persona enfrente de mí, una chica que me mira pero yo no sé quién es. Está ahí mirándome, inmóvil. Entonces, veo una luz fortísima y de pronto un enorme prado verde con flores que forman una palabra que no logro descifrar. Después veo dos figuras: una persona adulta y un niño que me miran y me señalan. Seguidamente, todo se vuelve oscuro, oigo gritos y me despierto”.

“Creo que deberías ir a ver a un especialista. Ya hace demasiado tiempo que se repite ese sueño”.

“No digas tonterías”, exclamó tajante.

"Haz lo que quieras, pero espero que esto no se convierta en un problema más serio. Ya tenemos demasiados, ¿sabes?".

Francesca estaba airada por la respuesta tan seca de su marido.

Lorenzo se quedó sin decir nada, con el ceño fruncido y se giró enfadado hacía la ventanilla para mirar el paisaje. A veces discutían y se peleaban incluso por futilidades pero al final Lorenzo acababa siempre por darse cuenta de que Francesca solo se preocupaba por él. Pensaba que era afortunado de haber encontrado una mujer tan guapa, dulce e inteligente la cual, de entre todos los hombres del mundo, le había escogido a él. Mientras reflexionaba sobre ello, se acordó del día de su primera cita, la primera vez que hicieron el amor.

JUNTOS

Cuando regresó a casa, después de las vacaciones con sus amigos en Riva del Garda, Lorenzo tenía mucho que hacer. En ese año se licenció en Ingeniería Mecánica, el quince de noviembre de 2008 y, en cosa de un mes, en Nochebuena, su novia le dejó porque su familia se trasladaba a Alemania por trabajo. Ella no quería una relación a distancia y él tampoco. Desafortunadamente, poco tiempo después llegó una terrible crisis financiera que tuvo enormes repercusiones a nivel mundial, por lo que la situación laboral en el Trentino tampoco estaba para tirar cohetes, pero él, sin desanimarse, una vez licenciado, comenzó a enviar su currículo a todas partes, incluso fuera de la región. Dadas las contingencias, albergaba pocas esperanzas de ser contratado por alguna de las empresas en las que, hasta hace poco, creía que le recibirían con los brazos abiertos. Sin embargo, transcurridos un par de meses, un estudio técnico le llamó para ofrecerle trabajo como becario. Lorenzo no dudó en aceptar, considerando que esta experiencia temporal sería beneficiosa a la espera de una oferta mejor. Resultó que ese trabajo le gustaba y aprendía tan rápido, que el propietario, una persona muy intuitiva, al darse cuenta de su potencial, le enseñó los trucos del oficio y lo presentó a la filial Emiliana, donde algún día, podría mejorar en su carrera y en su satisfacción personal. Un par de años más tarde, en marzo, recibió una importante llamada desde Bolonia. Lorenzo estaba sorprendido y muy satisfecho por lo que le dijeron. Su interlocutor, después de una breve presentación, le dijo que quería reunirse con él lo antes posible, para proponerle un nuevo puesto en el departamento de I+D en la capital boloñesa. Lorenzo, llevado por el entusiasmo, aceptó la cita para el día siguiente. Aún no había colgado el teléfono, cuando se dio cuenta de que quizá se había precipitado. A pesar de que aquella era una gran oportunidad laboral, en realidad se encontraba muy bien en su actual puesto de trabajo: tenía buen rollo con sus compañeros y, desde los últimos meses, también un módico sueldo. Si aceptaba, estaría siempre compitiendo, siendo víctima de las indecisiones y del ansia; demasiado estrés. Decidió llamar a su jefe para explicarle lo ocurrido y pedirle consejo. Le dijo que ya estaba al tanto porque sus socios le habían informado y felicitó a Lorenzo por aceptar la cita. Era joven y debía pensar en su carrera y en su vida. Le gustó mucho que Lorenzo le llamara para pedirle consejo. Al día siguiente, se despertó muy temprano, se metió en la ducha con el agua muy caliente, se afeitó y se vistió con su mejor traje. Se despidió brevemente de sus padres y cogió el coche para ir a la cita, motivado y esperanzado aunque también un poco temeroso.

Llegó a la empresa y vio que el edificio era enorme y parecía ser muy nuevo. Entró en el vestíbulo y subió la gran escalinata. Fue leyendo los carteles que señalaban los despachos y sus dueños. Entre los nombres leyó el de la persona que lo había llamado. Se plantó delante de la puerta y vio un letrero escrito en mayúsculas que rezaba:

"Entren sin llamar", así que, suspiró profundamente y entró. Delante de él había una mujer sentada frente a un pequeño escritorio. Era muy delgada y parecía preocupada y ansiosa. Isabella había empezado a trabajar allí como secretaria pocos meses atrás aunque no estaba titulada. Tenía cuarenta años, expresión severa. Llevaba el pelo rubio recogido, usaba lentes gruesas con montura negra y vestía con un traje a medida de color azul. Entonces Lorenzo, tímidamente, se presentó y expresó el motivo de su visita. Ella le miró de arriba a abajo y le contestó: "Siéntese", cogió el teléfono y notificó su llegada. Lorenzo entretanto, pensaba que si a ella no le había caído bien,

tampoco le gustaría al director que le esperaba. Cuando le llamaron y entró en el despacho, estaba tan tenso que sólo podía mirar a un punto fijo de la pared de enfrente, justo al lado de un cuadro; una reproducción de un Magritte. No podía apartar la vista de allí hasta tal punto que el director, sentado frente a él, bromeó:

"¡Si le gusta tanto le dejo que se lo lleve a casa!". Era un despacho con una decoración muy minimalista: un gran escritorio, un portátil y algunos documentos sobre la mesa. Delante de la misma estaba aquel hombre en mangas de camisa, sin corbata, que no tenía ni cuarenta años. Entornando un poco los ojos, observaba a Lorenzo, aquel chico del Trentino, casi de su edad. Parecía serio y concentrado, como se debe estar en presencia de un superior al que se respeta. Ya había leído su currículo y había pedido referencias al estudio de Trento. Lorenzo tenía sudores fríos, estaba nervioso, no sabía dónde mirar esperando que aquel hombre le pidiera algo. Se sentó con las piernas cruzadas. Estaba elegante, vestía con traje y corbata pero, seguramente, no se dio cuenta de que había olvidado sus calcetines. El jefe de personal le sonrió. Lorenzo se ruborizó. Quería desaparecer de allí. En ese momento, el responsable, mirando su tarjeta personal, empezó a hacerle preguntas. Todo pasó muy deprisa. Le dijo que la semana siguiente debía trasladarse a Bolonia para hacer una práctica que duraría unos cuatro meses. Lo aprendería todo sobre las nuevas tecnologías que la empresa estaba estudiando y desarrollando, tomando como punto de origen los descubrimientos del CERN.

Dada la capacidad que Lorenzo demostraba poseer, en poco tiempo fue trasladado a la filial de Padua, donde trabajaban en una fase de estudio experimental de las nuevas leyes aplicables a la industria aeroespacial. Lorenzo estaba entusiasmado con la oportunidad de trabajar en un proyecto tan importante. ¡Quién se lo hubiera dicho! Era el dieciséis de septiembre de 2012. El dieciocho ya se había trasladado a Padua, a un apartamento que le había proporcionado y amueblado la misma empresa. En aquel primer día en la nueva ciudad, pensó que estaría bien celebrarlo con sus viejos amigos y brindar con ellos, pero ahora ya sólo se felicitaban las fiestas y celebraciones por SMS y mediante alguna llamada esporádica. Sabía que no sería posible, aunque aún sentía el vínculo de amistad muy fuerte en su corazón, a pesar de que las circunstancias de la vida les habían alejado, a unos de otros. Así pues, estaba sol en la nueva ciudad y tendría que conformarse con celebrarlo solo. Cuando salía del portal de su nueva vivienda, fue golpeado, de manera fortuita, por una mujer que caminaba muy rápido por la acera. Vestía con unos vaqueros ajustados y un bonito jersey ceñido de color morado. Instintivamente, él le pidió perdón aunque la culpa había sido de ella. Aquella mujer se había ya alejado pocos metros cuando, al oír sus disculpas, se detuvo. Francesca se giró al oír aquella voz conocida y, nuevamente, se quedó estupefacta, desarmada, confusa. Su corazón comenzó a batirle fuertemente en el pecho, como la última vez que se cruzó con aquel extraño en el lago. En esta ocasión, hasta él se sintió intimidado por aquella bella muchacha, se le acercó esbozando una tímida sonrisa:

"Hey, mmm hola... perdóname", musitó.
Ella le observó en silencio.

"Perdóname, mmmm, no te había visto, en serio".
Ella quería decir algo pero no lograba que sus labios articularan palabra.

"Si quieres, quizá, para hacerme perdonar, mmm..."
Ella le sonrió.

"Decía que quizá, si quieres, para hacerme perdonar, mmm, te invito a tomar algo".

Ella movió levemente la cabeza asintiendo y, con un hilo de voz, le respondió:

"De acuerdo, vamos".

La compañía de aquella chica tan guapa era justo lo que necesitaba en aquellos momentos, ya que él solo no hubiera celebrado nada. Ella, confusa, sentía que la emoción le superaba por dentro, aunque no lo dejaba ver. Estaba muy conmovida por el hecho de que el destino le hubiera preparado un nuevo encuentro con aquel muchacho y justo en su ciudad.

Un semáforo rojo en la Vía Venezia, en el centro de Padua. Hacía un par de semanas que salían juntos los fines de semana, se llamaban y se enviaban mensajes por las noches. Aquella ciudad se estaba revelando espléndida y fascinante. Monumentos, iglesias, plazas increíbles. Por no hablar de los bonitos locales, llenos de vida gracias a la universidad y a sus estudiantes. Además, él tenía a Francesca, una Cicerone excelente. Era una fuente inagotable de información sobre cualquier cosa que quisiera saber. Ambos eran grandes amantes del arte, especialmente del medieval. Aquel día iban a visitar la Basílica di Sant'Antonio y la Cappella degli Scrovegni, una gran obra con frescos de Giotto. La estaban restaurando y había operarios casi en cada rincón. La ciudad estaba floreciendo de nuevo y cada paduano participaba entusiasta en ese renacimiento. Era un proyecto para la mejora de toda la ciudad: restauraciones, recalificaciones, recuperación de edificios antiguos del centro histórico. Para ser independientes a nivel energético, la población había apostado por las energías alternativas, por los campos de placas fotovoltaicas y por las nuevas tecnologías solares y geotérmicas.

El semáforo se puso en verde. Haciendo caso omiso, Lorenzo, reuniendo el coraje necesario, pensó: "O ahora o nunca". Miró a Francesca y la besó. Fue un gesto impulsivo y azaroso, seguramente no se creía capaz de hacerlo pero, por primera vez, había vencido su timidez, incrédulo después de desearlo y reprimirse tantísimas veces. Los cláxones sonaban mientras ellos seguían besándose. Después de algunos instantes se dieron cuenta de que tenían que moverse de allí, sonrieron y reprendieron la marcha. Lorenzo no daba crédito a su espontaneidad pero se sentía feliz. Francesca intentaba recuperar el ritmo normal de respiración después de aquel terremoto emocional que acababa de vivir. Aquel día fue el principio de su historia de amor.

Su primer viaje juntos fue a Trieste. Después de ser novios durante meses, finalmente fueron de vacaciones: una semana para poder gozar de un poco de intimidad, lejos de sus compromisos. Francesca trabajaba mucho, hacía unos años que llevaba la empresa de su padre. Esa semana la reservaron sólo para ellos dos. Llegaron a la ciudad un lunes y, siguiendo las indicaciones del taxista que les llevó a su hotel, se dirigieron a la calle más bulliciosa de la ciudad para dar un paseo. Había muchísimos locales y heladerías. Disfrutando de su descanso vacacional como cualquier turista, no pudieron resistirse y compraron dos helados enormes y coloridos que saborearon paseando. Esa noche, un cielo estrellado y un aire cálido les abrigaron mientras caminaban por el paseo marítimo. Pasearon con las manos cogidas hasta el Molo Audace, donde se intercambiaron besos y caricias. Después, muy cansados, volvieron al hotel donde cayeron en un sueño profundo. Al día siguiente, caminaron por Trieste, fascinados por la cantidad de plazas y fuentes que había, especialmente la de Trioni. Era un día muy soleado, así que decidieron ir a visitar el Castillo de

Miramare y el parque colindante, visita imprescindible que les habían recomendado unos amigos hacía ya algunos meses. Cuando llegaron al parque, les sorprendió la cantidad de plantas de orígenes diversos que lo decoraban. Era precioso, perfecto y todo estaba muy cuidado. Entre las diversas atracciones estaban los invernaderos, que ofrecían un aspecto casi fantástico, como de cuento de hadas. Mil colores surcaban el aire, mientras millares de mariposas y colibríes transportaban a Francesca y Lorenzo a un mundo mágico. Nunca habían visto colibríes y les fascinaron. Una vez terminado el paseo por el parque, entraron a visitar el castillo. En las estancias, muy bien conservadas, aún estaban los muebles y tapices originales del siglo diecinueve. Visitaron cada habitación, observándolo todo, curioseando entre los vasos de porcelana, las pinturas, las esculturas y todos los objetos que transportaban al visitante a esa época. Al salir, el reflejo del sol en el mar les cegó unos instantes, pero enseguida recuperaron la visión y pudieron admirar los jardines maravillosos, con un pequeño puerto privado donde antaño atracaban los barcos, en la época de los Habsburgo. Sobre el muelle se erguía una representación de la Esfinge, una estatua hecha a escala que parecía puesta allí para vigilar el mar y a todo aquel que se acercara al castillo. Se hacía tarde y los visitantes iban disminuyendo a medida que se acercaba el horario de cierre. Antes de salir, los dos enamorados visitaron las habitaciones del archiduque Maximiliano de Habsburgo, donde había vivido con su amada esposa, Carlota de Bélgica. En cuestión de segundos, se encontraron el uno en brazos del otro poseídos por el deseo y la pasión. Dando una rápida ojeada para asegurarse de que no había nadie cerca, se apoyaron en una columna y empezaron a comerse a besos. Las manos de Francesca recorrían voraces el cuerpo de Lorenzo mientras éste le acariciaba las caderas, al tiempo que le subía la falda. En ese inoportuno momento, el toser de uno de los vigilantes les alertó de su presencia.

Abrazados y divertidos por haber sido pillados in fraganti, se alejaron rápidamente de allí. Hacia las siete ya estaban de vuelta en la ciudad y entraron hambrientos en un restaurante. La visita les había cautivado tanto que el tiempo había volado sin que se diesen cuenta de que no habían comido nada en todo el día. El local era precioso. Comían y, de cuando en cuando, se miraban a los ojos. Para acompañar la comida que, según ellos, tenía algún ingrediente afrodisíaco, pidieron una botella de vino tinto. La noche pasaba entre risas y bromas: todo el mundo parecía haber desaparecido, sólo estaban ellos dos. Después de haber pagado la cuenta y dejado una generosa propina, regresaron al hotel. Saludaron al portero, un tipo muy gentil, y se metieron en el ascensor. Cuando llegaron a su planta, la quinta, a Lorenzo se le cayeron las llaves de la habitación al suelo. Para recogerlas, ambos se agacharon, al mismo tiempo, dándose un golpe. Se reincorporaron frotándose la cabeza y riendo. De pronto, Lorenzo se quedó serio, acarició los cabellos de Francesca y la miró a los ojos. Ella se ruborizó. Él se acercó y la besó. Empezaron a desnudarse frenéticamente. Francesca pulsó el botón para detener el ascensor y éste se paró. Hicieron el amor. Cuando terminaron, decidieron seguir esa pasión en la habitación. Se vistieron de cualquier manera y llegaron a su planta completamente desaliñados y acalorados. Cuando se abrieron las puertas, había una anciana que rumiaba. Tendría unos setenta años y mediría cerca de un metro cincuenta, vestía una chaqueta de algodón, color marrón claro, que hacía juego con su imagen. Llevaba una gorra roja con topos blancos, el rostro ceñudo y serio. Seguramente llevaría allí esperando el ascensor unos diez minutos. Cuando les vio les reprendió en tono serio y con el rostro fruncido, pero luego, cuando les miró la cara con más atención, entendió el por qué del retraso del ascensor y soltó una risita cómplice. Ellos aún reían cuando entraron en su habitación. Pasaron el resto de la semana allí, entre aquellas cuatro paredes, envueltos en su pasión desatada.

PASSO MANGHEN

Después de algunas curvas, Lorenzo con la mirada fija en el parabrisas y la mano derecha pegada a la puerta, le dijo a su mujer:

"Estate atenta Francesca, ahora cuando lleguemos a las curvas ve un poco más despacio".
"¡Lorenzo!. No me hagas levantar la voz que están aquí las niñas".
"¡De acuerdo, tienes razón! Pero piensa que quizá nos crucemos con algún otro coche y la carretera es estrecha".
Ella resopló. Sus ojos se le salían de las órbitas, pero no respondió.
"Vamos papá, cantemos la canción de la montaña", dijo Ariel.
"Vale: ahora cuando estemos en Valsugana...".
Todos la cantaron alegremente, en coro, varias veces.
Lorenzo había nacido en un pequeño pueblecito de la región y le encantaba que sus hijas amaran tanto aquella tierra y sus tradiciones.

"¿Paramos a beber algo? Aún quedan veinte minutos y tengo que ir al baño".
"Sí, vale, paremos allí, mira, en aquel bar".
Viajaban por la carretera que conducía al Passo Manghen, en la cima del Telve, en la provincia de Trento. Se imponía un pequeño alto en el camino para descansar y entraron en el local. Les sorprendió aquel sitio tan pintoresco, todo de madera, decorado con esmero y muy limpio. Detrás del mostrador había un cartel colgado que decía: "se mira pero no se toca". Las dueñas del local eran dos chicas muy hermosas, las hermanas Fausta y Rosy y llevaban el bar junto con su hermano y sus

padres. No parecían hermanas ya que no se asemejaban mucho: Una rubia de ojos grandes y azules, un tanto rellenita y con turgentes pechos y la otra era castaña, ojos almendrados de color verde, de talla fina y con pocas curvas. Eso sí, ambas proferían una sonrisa amable y acogedora.

"Voy al baño, niñas ¿tenéis que ir vosotras también?".
"¡No, no, ve tu papá!"
Lorenzo buscó los servicios y fue hacia allí. Las niñas y Francesca esperaron a que volviera para pedir.

"Un aperitivo, un Véneto, gracias. Y tres zumos de fruta".
"¡Bien, por suerte, conduzco yo!", exclamó Francesca.
"Ciertamente, cariño, de hecho bebo para olvidar que conduces tú".
"Aquí tienen, señores", dijo Fausta, exhibiendo su escote mientras se inclinaba para servir las bebidas.
Lorenzo sonrió. Francesca frunció el ceño y luego dijo:

"Míralo bien porque hasta mañana no verás ningún otro".
"Venga mujer, ni me había dado cuenta...".
Mientras discutían, los otros clientes del local rieron al presenciar la escena. Dos hombres mayores apoyados en la barra del bar, donde bebían unas copas de vino blanco, se divertían mucho con ellos. La escenita era algo diferente que rompía su cotidianidad, su rutina de las conversaciones sobre el trabajo, los pastos y la montaña, esos temas recurrentes que, a menudo, y por inercia, generaban discusiones. Les divertían las disputas conyugales porque les recordaban tiempos pretéritos cuando eran jóvenes y reñían con sus esposas, costumbre que, a pesar del paso de los años, no habían perdido. Uno de ellos llevaba un sombrero gris oscuro, típico de los pastores de la zona. Tenía las mejillas ligeramente moradas y las arrugas de su cara revelaban el paso del tiempo. Su barba larga y gris estaba ligeramente

amarilla por el tabaco. Los hombres se tomaron el vino en un par de sorbos y salieron fuera a fumar, musitando al pasar por su lado:

“Síííí, síííí”.
“¿Vamos?”, dijeron las niñas, que ya se habían terminado el zumo, tirando del brazo de Lorenzo.
“Sí, ahora nos vamos. Calma, niñas”.
Pagaron y prosiguieron el viaje. Después de unos veinte minutos sólo les quedaban una docena de curvas para llegar a su destino.

“¡Mira qué espectáculo!”, dijo Francesca. “¡Qué vistas!”.
“Sí, es cierto”, respondió Lorenzo.
Las niñas contemplaban boquiabiertas aquella maravilla.

“Mamá, mamá, mira… ¿Qué son esas cosas blancas que se mueven ahí delante?”, preguntó Carlota.
“Niñas, pero si son ovejitas”.
“¡Qué bonitas!”, gritaron las niñas.
El rebaño estaba esparcido por todo el prado, que se encontraba un poco más elevado con respecto a la carretera.

“Uff”, exclamó Francesca, frenando. Lorenzo miraba perplejo.
En la última curva, inmóvil, un enorme asno estaba ahí de pie, parado en medio de la carretera. Parecía una estatua.

“Vamos, baja y sácalo del medio”.
“Estás loca y ¿quién lo mueve?”.
“¡Baja, vamos!”.
“Vale, ya bajo, pero tranquilízate que esto no será fácil”.
Lorenzo bajó del coche y se acercó al asno, las niñas le siguieron animadas y entusiastas.

“Niñas, poneos lejos porque no sabemos cómo reaccionará y os puede dar una coz”.
Pero las niñas insistían en acercarse al asno. En ese momento, pasaba por ahí una oveja y su cría, Francesca las observaba divertida.

“¡Mama, mira qué bonita!”.
“Sí niñas, pero tened cuidado y no haced daño al corderito, que es como un bebé...”.
“¡Sí mamá, no te preocupes, que somos muy buenas!”
“¡Vamos, muévete! Va...que tengo hambre... No nos hagas esto, sólo te tienes que apartar un poquito hasta allí, con tus amigos...”, intentó sugerirle Lorenzo que intentaba ser amable con el asno. El animal parecía hacer caso omiso a sus súplicas.

“¡Venga, ya te ayudo yo!”, se ofreció.
Probó a empujarle, pero sin fortuna. Parecía petrificado.
“Pero, ¿es posible que no haya nadie por aquí, ni un pastor ni nada...?”.
Las niñas y Francesca observaban divertidas desde lejos, como Lorenzo hablaba y gesticulaba al asno.

“¡Voy, ya llego!”, gritó un joven. Era el pastor del rebaño que bajaba riendo mientras descendía de una pendiente cercana.
“¡Ah, menos mal! Vamos, ¿puedes apartar este enorme asno?”.
“Sí, sí, creo que sí”.

Con un silbido, el pastor llamó a un perro al que llamaba Fero. Era negro, de pelo largo. Le susurró al asno que moviera el culo haciendo gestos con la mano y, al segundo silbido, el asno girando lentamente la cabeza, empezó a apartarse de la carretera.
 Las niñas enseguida se reunieron con su padre.

“Papá, ¿has visto qué perro tan bonito?”

"Sí Carlota, ya lo he visto. ¿Sabes?, los perros de los pastores son muy obedientes, ambos viven muchos meses juntos aquí en la montaña, así que se hacen muy buenos amigos y se quieren mucho. Les ayudan mucho en su trabajo".

Mientras se acercaban al perro éste oyó el silbido que le reclamaba y corrió a reunirse con el pastor que, como una sombra, ya había desaparecido para volver a controlar al rebaño en el gran peñón que dominaba la zona.

"¡Mira!". Gritando y saltando, emocionadas, las niñas señalaban a un grupo de burros que había en medio de las ovejas. En la grupa de uno de ellos había una especie de manta verde y, dentro, se entreveía un pequeño corderito.

"¡Papá, mamá, mirad!".

"¡Un asno que cuida a un corderito! Pero, ¿será suyo?".

Lorenzo les explicó que, durante los desplazamientos del rebaño, a veces cargan a los corderitos en esos sacos que llevan los asnos.

"Entonces, ¿el asno se convierte en el papá del corderito?", preguntó Ariel sonriendo mirando traviesa a su padre.

"No, Ariel. Su mamá siempre está en el rebaño y dentro de poco se irán a otra zona. Pero, vayámonos ya, que tengo hambre. ¿Vosotras no?".

"¡Sí, sí, papá, vámonos, vámonos, que tenemos hambre nosotras también!".

Francesca ya se había subido al coche. Cinco minutos después llegaron al local. Un lugar fantástico, tan cercano a las cimas de las montañas que les dejó sin aliento. Mirando hacia abajo se podían ver todos los valles circundantes.

"¡Espectacular...!", exclamó Francesca nada más bajarse del coche.

Mirando alrededor, Lorenzo recordó cuando de niño iba allí con sus amigos a hacer excursiones.

"¡Madre mía, no ha cambiado nada! ¡Parece que el tiempo no haya pasado!".

El local se encontraba cerca de un pequeño lago que componía un paisaje precioso. Dentro del local era un caos, dada la multitud de turistas, motoristas y ciclistas que habían subido hasta allí para hacer excursiones. Entre los ciclistas estaba un anciano vestido de amarillo con un vistoso pañuelo en la cabeza en el que se leía "Pirata".

¡Debe ser realmente valiente para venir hasta aquí arriba en bicicleta!

Ana Paula les vio y fue a su encuentro, esbozando una cordial sonrisa.

"¡Bienvenidos!, os reservo una mesa, ¡venid!"

La siguieron y se sentaron.

"¿Qué queréis?", les interrogó.

"¿Qué nos aconsejas?", preguntó Francesca.

"Podemos empezar con unos buenos entrantes... embutidos, quesos y otras cosas. Después os recomiendo los spétzli con mantequilla fundida y speck, o un buen gulash... o también, un poco de polenta con wurstel y salchichas. De postre os aconsejaría la tarta especial de la casa, una delicia hecha con arándanos y fresitas del bosque".

"¿Quieres que reventemos? Pero si todos están de acuerdo, por mí vale. ¿Qué decís las niñas y tú, Lorenzo?".

"¡Sí, sí, mamá! ¿Y también hay patatas fritas y helado?" respondió Carlota.

"Bueno..." dijo Ana Paula sonriendo y volviéndose hacia Francesa. "¡Si nadie se opone...!". Y después, cantó con la hoja de papel en la mano donde había apuntado el pedido: "¡Marchando patatas fritas para las niñas!"

Todos sonreían, las niñas estaban muy emocionadas. Mientras, Francesca, que se sentía un poco culpable, lanzó un par de excusas perfectas para poder comer sin mala consciencia las calorías que habían pedido: "Es una de las últimas comidas que hacemos aquí niñas, así que este sacrificio vale la pena, ¿no? Aunque dudo que podamos con todo...".

Lorenzo se echó a reír guiñando el ojo a las niñas:

"Podremos, podremos, ¿verdad niñas?".

Después de comer, Ariel y Carlota corrieron a jugar con Víctor. Se hacía tarde y la mayoría de la gente ya se iba, así que Ralf y Ana Paula pudieron sentarse a hablar tranquilamente con Lorenzo y Francesca. Mientras, los hombres hablaban de la montaña, de los mágicos lugares de la zona y de las excursiones que habían hecho aquellos días, las mujeres hablaban de la receta del gulash que Francesca se esmeró en apuntar detalladamente, y ya deseaba hacerla tan pronto volvieran a Padua. Mientras hablaban, las mujeres vigilaban de reojo a los niños, que jugaban.

Un chico de mejillas ámbar salió del local. Se sentó en un banco, apoyó la espalda en la pared y encendió un cigarrillo.

"¿Quién es ese chico?", susurró Francesca mientras sonreía maliciosamente a Ana Paula.

"Es mi hermano Carlos. Nos ayuda en la cocina, ¿quieres que te lo presente?", le respondió picarona, la amiga brasileña.

"No, no, por favor...era broma. No me interesa, ¿eh? ¡Qué estoy casada! Es cierto que tu hermano es muy guapo y...mirándole bien... ¡sí, sí que os parecéis!".

"¡Es el rompecorazones de la familia!". Creo que se quedará por aquí, no veo que tenga muchas ganas de volver a Brasil. Es muy bueno en la cocina y le gusta mucho trabajar aquí. ¡Y yo estoy muy contenta de tenerlo cerca! Empezó, medio en broma, a ejercer de ayudante de cocina y resulta que le gusta y que además es bueno. Trabaja muchísimas horas, ¿sabes?, pero es muy necesario...".

De repente, por el camino llegó un hombre de unos cuarenta años, con un pañuelo verde en la cabeza, gafas de sol, una pequeña mochila, pantalones cortos y una camiseta colorada de los AC/DC, el mítico grupo de hard rock. Lorenzo lo observó de arriba a abajo y se acercó a él:

"Perdona, ¿eres Mario?".
"Sí, ¿nos conocemos?".
"Soy Lorenzo, venga, ¿no me reconoces? ¡Hemos hecho muchas excursiones juntos con otros amigos, aquí en Lagorai! La Cima d'Asta, Lago delle Stellune o aquella que fuimos al "Lago delle buse basse", donde pasamos dos días de fiesta. ¿De verdad que no te acuerdas?
"¡Hombre, Lorenzo, claro que me acuerdo! ¡Cuánto tiempo! ¿Cómo te va?
Se dieron un abrazo y empezaron a darse calurosas palmaditas en la espalda.

"Ahora vivo en el Véneto y al Trentino sólo vengo de vacaciones. Fui trasladado por trabajo a Padua y me he casado. Estos días estoy de vacaciones con la familia por aquí. Mientras hablaba, Lorenzo señaló la mesa donde estaba su mujer y después a sus hijas, que estaban saltando por ahí cerca.
"¡Felicidades!. ¡Vamos, tomemos un poco de grappa para celebrarlo!".
"Sí, una grappa me irá bien para la digestión...aquí se come divinamente, ¿quién puede resistirse a no pecar de gula?".
"Ya veo, apreciado Lorenzo... ¡tú también has engordado algún kilito! Es lo que hay, el tiempo pasa para todos, pero lo importante es sentirse bien y tú, como siempre... ¡pareces estar

en forma!". Mientras decía esto, Mario daba golpecitos sobre el estómago de su amigo.

Se sentaron en una mesa y Mario pidió dos grappe alle cornole.

"¿Te has casado?, ¿has venido solo?".

"Sí, he venido solo, he hecho una pequeña excursión, de una media horita, para estirar las piernas. Con tranquilidad. No me he casado, pero vivo con una compañera, que ahora está trabajando. Es prácticamente igual y a mí me va bien así... ¡Como un día tan bonito como este! Veo que tú, en cambio, ¡eres un verdadero paterfamilias!, concluyó Mario guiñándole el ojo.

"Sí y no me arrepiento, Francesca y yo tenemos un buen trabajo y unas hijas preciosas, aunque un poco traviesas... me considero muy afortunado".

"¡Te felicito! ¡Veo que te has buscado una mujer muy guapa! Después me presentas a tu familia, ¡vamos, ahora bebamos para celebrarlo!".

Cuando se terminaron la grappa, hablaron un rato, luego se levantaron y se dirigieron dirección a Francesca. Mario se presentó. Mientras le estrechaba la mano se quedó encantado contemplando a aquella mujer de profundos ojos negros, salpicados con esplendidos reflejos violáceos. Hechas las presentaciones, Mario invitó a toda la familia a una fiesta a la que iba a ir él. Como les pillaba de camino, aceptaron la invitación. Se despidieron de los amigos del restaurante y salieron a buscar el coche para seguir a Mario. Antes de llegar al valle, cogieron un desvío a un pueblecito que estaba un poco más alto.

"Mira papá: hay un cartel con una gran P".

"Sí, Ariel, esta es la señal que indica que estamos cerca. Esta enorme P indica que hay un aparcamiento, seguramente el de la fiesta".

Las niñas sonrieron y Lorenzo aparcó el coche. Mario ya les esperaba allí: "Niñas, ¿estáis listas?".

El sí fue muy audible.

"Vale, pues vamos. Veréis qué cosas tan bonitas hay allí".
"¡Mira, Lorenzo!", dijo Francesca esbozando una gran sonrisa.
Lorenzo puso los ojos como naranjas. A lo largo del camino que llevaba a la fiesta, había varios artesanos haciendo gala de sus menesteres: un herrero, que golpeaba un trozo de hierro incandescente; un cestero, que trenzaba canastas y un carpintero, que con esparto, hacía tejas hechas a mano con las que cubrían los tejados de las cabañas alpinas. Todos quedaron fascinados al ver con qué habilidad estas personas mostraban cómo trabajaban los artesanos en un pasado, aún presente, gracias a su arte. Gente verdaderamente orgullosa de sus origines y de sus tradiciones.

"Mamá", preguntó Ariel, "¿de verdad estas personas hacen este trabajo tan bonito?".
"No, tesoro. Es sólo una demostración de cómo antaño se trabajaba duramente para obtener eso que ahora tenemos tan fácil y cómodamente gracias a la tecnología. Pero es muy importante hacer entender que estas tradiciones no desaparecerán nunca".
"Cierto, niñas", apuntó Lorenzo.

"La historia es importante: no debemos olvidarnos nunca de nuestras raíces, de dónde venimos y quiénes somos. Debemos proteger este patrimonio como un tesoro".
"Sí, papá, pero estas personas tienen muchos años y aún saben hacer estos trabajos...y ¿los tejidos aún se tejen así?".
Carlota señalaba perpleja a una mujer que tejía lino.
La mujer y los otros rieron al oír a la niña, Lorenzo le respondió:

"No Carlota, sólo hacen demostraciones. Son muy buenos en su trabajo, han cogido mucha práctica, además, con el transcurso de los años, han sabido mantener viva la tradición de los

antiguos oficios. Ahora, este tipo de trabajos no se hacen así..."
y le susurró:

"Además, ¡no se debe señalar a las personas con el dedo, es de
mala educación!".
Entonces, Lorenzo tomó de la mano a la niña y siguieron
caminando. El recorrido se extendía cerca de un centenar de
metros, con una parada cada veinte metros, en la que se
mostraban cada uno de esos oficios antiguos. El paraje era
enorme, en medio de un bosque lleno de castaños, belloteros y
abetos.

"¡Ya hemos llegado!", dijo Mario.
Al final del Camino de los Artesanos (así se denominaba en el
cartel que anunciaba la pequeña exposición), había un espacio
muy amplio, habilitado para la fiesta y rodeado por las ruinas de
un castillo, que luego descubrieron que se llamaba Castellalto.

"¡Pero si es una fiesta medieval!", exclamó Francesca.

"Sí, es una tradición. Todos los organizadores, los camareros, los
músicos y los cocineros visten con ropa de la época. Incluso la
comida se cocina con aquellas recetas antiguas de entonces".
"¡Qué bonito! ¡No sabía que hubiera una fiesta como esta!
¡Lástima que no se haya difundido más, tengo mucha curiosidad
por esos platos extraños! Lorenzo, ¡mira qué bonito! Parece que
estemos realmente en el medievo; ¡qué trajes más conseguidos!".
Francesca disfrutó mucho en aquella fiesta, parecía la guinda
perfecta al pastel vacacional, inolvidable. Sorprendida, vio
llegar a Ana Paula y a su hermano que se sentaron en una mesa
con unos amigos que les esperaban. Su marido se había quedado
en casa con su hijo porque aquella noche estaba exhausto. Se
intercambiaron saludos velozmente con la promesa de
encontrarse después. Al anochecer, los músicos empezaron a

tocar piezas medievales, en las que la melodía principal la hacían las flautas y el dulce y delicado sonido del arpa. Creaban el marco ideal en aquel contexto, donde se esperaba, de un momento al otro, la aparición de un caballero o de una princesa. Una vez terminado el concierto, después de los merecidos aplausos a los músicos, salió al escenario un chico muy joven. Después de prepararse meticulosamente, empezó a golpear el suelo con el pie, marcando el ritmo, mientras con una armónica entonaba alguna canción popular.

"¿Quieres bailar, Lorenzo?".
"No tengo muchas ganas..."
"Va, ¡siempre igual! Es una canción muy bonita...", exclamó Francesca, un tanto cansada del comportamiento de su marido.
"Vale, pero sólo un baile, ¿ok?".
Bailó a regañadientes para contentar a su mujer, ya que le había insistido tanto. Francesca quería bailar más pero Lorenzo se desentendió. Entonces, Mario se plantó delante de ella y haciendo una reverencia como señal de festejo en aquella época, la cogió de la mano diciendo:

"Señora, ¿me haría el honor de concederme este baile?".
"Con mucho gusto", respondió ella mientras toda la familia reía por la escena que acababa de presenciar. Mario era simpático y divertido, las niñas, en particular, le adoraban. Estaban reventadas por el trajín del día que llevaban.
Lorenzo al darse cuenta, le comentó a Francesca que deberían irse.
Se despidieron de Mario y de Ana Paula antes de marcharse. La habían visto llegar con su hermano, seguramente, para bailar un poco antes de irse a descansar también.
Mientras se despedían, empezó a sonar una canción lenta. Carlos se levantó sonriendo, cogió a Francesca de la mano y la llevó hasta la pista de baile.

"Vale, la última", le dijo divertida, mientras se deja guiar por el joven.

"¡Vaya!" respondió Lorenzo mientras las niñas se sentaban para hablar con Ana Paula.

"¿Sabes que eres muy guapa?", musitó Carlos mirando fijamente a los ojos oscuros y misteriosos de Francesca.

"Muchas gracias, Carlos".

"Si quieres, esta noche voy donde os alojáis y podemos ir al bosque para ver...".

"Pero, ¿qué estás diciendo?", le interrumpió Francesca incómoda.

"Bueno..., ¡he visto cómo me mirabas!".

Mientras Carlos hablaba, su mano izquierda se deslizaba, delicadamente, desde el costado hacía el trasero de Francesca.

"¡Si no apartas inmediatamente tu mano de ahí, te doy un rodillazo tan fuerte en tus zonas nobles, que no tendrás ganas de ir con una mujer durante mucho tiempo!, ¿está claro?".

Francesca profería estas palabras diligentemente, mientras esgrimía la más cordial de sus sonrisas. Por su parte, Carlos dio muestras de haber captado el mensaje retirando su mano.

"Perdóname" se disculpó y, añadió: "Debo haberlo interpretado mal".

"Fatal, diría yo".

El malentendido no pasó de ahí.

La familia se dirigió a su cabaña, las niñas estaban sentadas en los asientos posteriores del vehículo, exhaustas y muertas de sueño.

Volviendo hacía el valle, admiraron por primera vez el panorama nocturno, con todas aquellas lucecillas encendidas que convertían la Valsugana en una especie de cielo estrellado en la tierra. Cogieron la salida que llevaba a la Val Campelle para volver a su refugio. Estaban tan cansados que se fueron todos directamente a dormir.

"Buenas noches, cariño", dijo Francesca.

"Buenas noches", respondió Lorenzo mientras abrazaba a su mujer, que se durmió al instante.

Él había visto toda la escena del baile con el rabillo del ojo y estaba feliz de amar a una mujer que no cedía a las seducciones de otros hombres, aunque fueran tan apuestos como Carlos. Sí, era muy afortunado. Después, no pudo remediar recordar aquella ocasión en la que por poco cometió el error más grave de su vida. Un error que evitó por pura casualidad, pero que le había hecho comprender cuánto amaba realmente a su mujer. Después de tantos años, el sólo hecho de pensar que la podía haber perdido le atormentaba y aún no se había perdonado aquella debilidad.

LA TENTACIÓN

Hacía poco que estaban felizmente casados. Aquel verano, decidieron ir de vacaciones a la tierra en la que nació Francesca, Calabria. Partieron el primer día de agosto, desde el aeropuerto de Verona. Viajaron cogidos de la mano. Llegaron a Reggio Calabria, donde les recibieron los tíos de Francesca, Carmelo y Annalisa. Dos personas muy cordiales que ponían mucho esmero en cuidar a sus huéspedes. Era la primera vez que Lorenzo iba al sur de Italia. Había visitado algunas zonas de la península, pero la localidad más cercana a la punta de la bota en la que había estado era Velletri, en el Lacio. Se instalaron en el apartamento de los padres de Francesca, que a veces alquilaban a turistas ya que no lo utilizaban mucho. La joven pareja lo encontró bonito y muy confortable. Tenía unos cincuenta metros cuadrados y estaba decorado de manera muy funcional. Arriba, había una bonita terraza a su disposición. Allí podían tomar el sol y relajarse en las tumbonas amarillas con rayas rojas y disfrutar de las maravillosas vistas del Estrecho de Messina.

Su pasión común por el arte y la historia les incitó a visitar Palermo, Catania, Messina, Noto y todas las localidades de la zona en las que hubiera esos grandes y antiguos tesoros patrimoniales: catedrales, palacios... monumentos que testimoniaban cada una de las civilizaciones y los tiempos convulsos que se habían vivido en la isla. Patrimonio envuelto en un encanto que les fascinaba, en el que las huellas del mundo antiguo grecorromano, normando, árabe y español, eran aún visibles por doquier. La mezcla de todos aquellos estilos calaba hondo en sus almas. Francesca y Lorenzo tampoco querían perder la ocasión de ir a Sicilia para encontrarse, cara a cara, con paisajes de ensueño y esplendores arquitectónicos de gran belleza, por no hablar de los parajes naturales, de los colores y del mar. Pero el mayor de los encantos que les cautivó fue el Etna, el majestuoso volcán que allí se erguía. Después de la breve pero intensa gira por Sicilia, un miércoles por la tarde volvieron a Calabria. Esa mañana pasearon por la playa y fueron a un pequeño restaurante al lado del mar. Era un día caluroso, como la mayoría, pero se estaba muy bien. Soplaba un viento ligero que refrescaba y que era de agradecer. Después de varias horas al sol, la piel de Francesca había cogido un buen color y eso la hacía aún más atractiva. Llevaba una ropa que resaltaba su figura, además, la serenidad de su alma hacía resplandecer sus espléndidos ojos oscuros. Lorenzo, en cambio, llevaba una ropa estilo hawaiano: pantalones cortos con un estampado de flores exóticas. Una combinación que divertía a todo aquel que le miraba, por ese vestuario cómico y porque tenía el cuerpo y la cara rojos como pimientos. Su pálida piel no estaba acostumbrada a los intensos rayos solares de Calabria y Sicilia. Su mujer había intentado que no se vistiese así pero sabía que cuando algo se le metía en la cabeza tenía que dejarle por imposible y, además, a él le gustaba ir así. Aquella mañana transcurrió entre el baño de sol y las pequeñas bromas de Francesca. Antes de tumbarse en su toalla roja, Lorenzo había dispuesto, cerca de su oreja, una pequeña alarma que sonaba cada media hora. A cada toque, él buscaba a tientas el tubo de protección solar para evitar quemarse, pero ella se lo escondía, divertida.

En el restaurante, Lorenzo ejerció de caballero y le retiró la silla a Francesca para que se sentara. Aunque parecían de bambú, éstas eran de un hierro forjado muy pesado. Al retirarla, sufrió una contractura en la espalda. Una vez sentados a la mesa, tuvo que hacer algún estiramiento para intentar aliviar el dolor. Pidieron la comida al camarero. Escogieron un menú muy suntuoso. Después de los entrantes, tomaron espaguetis recubiertos con anchoas, aceite y pan rallado. Esos sabores devolvían a Francesca a su infancia y le hacían recordar a sus abuelos y las fantásticas vacaciones que pasaron juntos en la playa. Hacía tiempo que no visitaba aquella tierra, pero esos recuerdos maravillosos seguían tan vivos en su cabeza como el cielo azul que la cubría. Mientras Francesca estaba en el baño, Lorenzo se fijó en una pareja de mediana edad que estaba en la mesa de enfrente y en la hija de estos, que le miraba. No tendría más de veinte años y él quedó perplejo cuando ella, con aquella expresión infantil que aún tenía, empezó a guiñarle el ojo y pasarse, insinuante, la punta de la lengua por el labio inferior, en tono insinuante. Mientras tanto, Francesca volvió del baño. Se levantaron dispuestos a marcharse. Al salir, Lorenzo se giró un momento y vio que la chica le sonreía. Él se volvió de golpe embriagado por una extraña mezcla de excitación y desconcierto. El tiempo pasaba deprisa hasta que, en el penúltimo día de vacaciones, los tíos de Francesca les visitaron esa tarde. Pasaron un par de horas hablando de esto y de aquello, una cháchara banal en la que surgieron distintas opiniones políticas y que desembocó en una violenta discusión con Francesca. Ella asumió la defensa de su familia mientras Lorenzo se enervó tanto que, dando un portazo, se fue a dar un paseo.

Sentado en un banco, cruzó su mirada con una chica, era la del restaurante. La reconoció enseguida. Estaba allí, sola. Vestía una minifalda y top rosa, un conjunto que resaltaba sus piernas y sus pequeños senos. Se sentó en un banco frente al suyo y tiró la cabeza hacia atrás, mostrando las enormes gafas de sol que llevaba. La chica sonrió al ver que Lorenzo la miraba. Él se dio cuenta, se levantó de golpe y se dirigió a la heladería. Se sentó a esperar una copa de helado de fruta que había pedido, cuando vio abrirse paso entre las mesas a esa sirena descarada. Se sentó en la mesa contigua a la suya, se quitó las gafas de sol y le miró. De repente, lentamente, notó la mano de la chica deslizarse por su muslo. Lorenzo se quedó petrificado, nunca se había imaginado encontrarse en una situación similar. Sin rodeos y echándole mucho morro, la chica se le acercó y le invitó a pasar la tarde con ella en su habitación. Escribió en una servilleta de papel el nombre de su hotel y el número de su habitación y hábilmente la dejó en la mano de Lorenzo. El hombre se quedó completamente bloqueado, sin decir palabra y sin poder reaccionar. Ella provocó algún estímulo. Le besó en la mejilla y le volvió a acariciar el muslo y fue subiendo hasta ver una sonrisa de satisfacción en su rostro. Entonces, la Lolita devora-hombres se alejó rápidamente.

Lorenzo se quedó allí unos minutos más. Cogió otra servilleta e, instintivamente, se limpió la mejilla en la que había recibido aquella muestra de lascivia infantil, después se terminó el helado y se marchó, aún trastornado. Aquella noche, Francesca no se encontraba bien. Estaba extrañamente nerviosa y de pésimo humor. Discutieron de nuevo y él, que no había ni considerado la idea de acceder a la propuesta de la chica, de pronto, se encontró en la recepción del hotel cuyo nombre estaba escrito en el papel estropeado, en el fondo del bolsillo de su chaqueta. Una vez allí, se debatió entre ceder a aquella aventura absurda o volver al apartamento, paseando por la playa para refrescarse las ideas. Pero allí estaba, petrificado por el canto de la sirena. De pronto, recordó su mano, sus ojos, su cuerpo.... Hizo un triste intento de giro hacia la puerta de entrada y vio la cara del hombre mayor de recepción, con una sonrisa postiza (que seguramente sería la misma con el paso de los años) y pensó que el tiempo es cruel. De pronto, el viejo añadió tímidamente:

"¿Puedo hacer algo por usted, señor?".
"No, gracias, estoy esperando a alguien", se excusó.
Se dirigió hacia el ascensor. Su excitación iba in crescendo, como la marea en invierno. Parecía que todo el mundo le

observaba mientras esperaba que aquel maldito ascensor le abriese sus puertas, como un libro aún no leído o una mujer soñada y nunca conseguida. Bajó la mirada, no por pudor, sino por miedo, un miedo atroz que, en lugar de bloquearle, esta vez le excitaba aún más. No llegaba, no quería llegar...no. ¡Por fin! Una vez en el segundo piso las puertas mágicas se abrieron para conducirle a su aventura. La sangre le hervía cuando se encontró en la puerta de la habitación. Sabía que allí dentro ocurriría algo irreparable. La frente empañada en sudor le retenía. Buscó en el bolsillo un pañuelo cuando encontró, nuevamente, aquel minúsculo trozo de papel repleto de aquellos caracteres pequeños e infantiles. Se acercó a la papelera y lo tiró. Seguidamente, se secó el sudor con la manga de lino blanco de su chaqueta. Cuando se disponía a llamar a la puerta, unas voces al fondo del pasillo le detuvieron. Cuando volvió el silencio, con un nudo en la garganta y los pantalones holgados, se decidió a llamar, finalmente. Notaba cómo la sangre le bombeaba la vena del cuello y tragaba saliva. Después de algunos segundos, la puerta se abrió y allí estaba ella, delante suyo; el objeto de su deseo. Cuando le vio, la chica esbozó complacida una sonrisa maliciosa. Llevaba ropa interior de encaje semitransparente negra exhibiendo sus pequeños pezones. En la cintura llevaba atado un pareo rojo, un sutil velo que se abría ligeramente entre sus muslos. Sólo dio un pasito hacia la puerta y aquel velo se abrió como una cortina dejando ver aquel sexo inmaduro que Lorenzo anhelaba. Olía a un intenso perfume de violeta, tenía la piel lisa y clara. Él hizo el gesto de entrar mientras tanteaba furtivamente con su mano, aquel tesoro que se había vuelto a esconder. Ella le detuvo, dio un paso atrás mientras se aguantaba el pareo con una mano. Mascaba un chicle cuando, de golpe, plantó su otra mano delante de la cara de él. Después le giró la cabeza para que viese algo que había en la habitación. Y ¿qué es lo que Lorenzo vio? A sus padres, que allí estaban también. Escandalizados, le preguntaron a la chica que quién era aquel hombre que llamaba a su puerta y por qué iba vestida así. ¿No le daba vergüenza? ¿No tenía un mínimo de pudor? Lorenzo, pálido como una sábana, justificó como pudo su presencia allí: le venía a devolver sus gafas de sol que aquella distraída muchacha se había dejado en la mesa de la heladería. Los padres de la chica, muy cortésmente, se lo agradecieron y le invitaron a entrar para ofrecerle una copa de vino. A pesar de declinar la invitación, ellos le arrastraron por el brazo al interior de la habitación. El padre era de origen italiano y la madre irlandesa. Habían vivido en Suecia, donde él trabajaba como cocinero y ella era empleada en una empresa de transporte internacional. Estaban de vacaciones allí con su hija de diecinueve años. A Lorenzo, aquellos minutos le parecieron una eternidad. La pareja le hablaba de sus vacaciones, de la belleza del entorno y de otras minucias que a él no le interesaban en absoluto. Miraba discretamente a la chica sentada enfrente, en el sofá, al lado de sus padres.

Dada la insistencia de su madre, la muchacha se había tapado con una camiseta blanca muy casta, aunque aún llevaba el pareo puesto. Lorenzo se excitaba al mirar entre sus muslos cada vez que la chica, juguetona, abría y cerraba sus piernas, vigilando no levantar sospechas en sus padres sobre el verdadero motivo de su visita. La chica se divertía jugando con su sensualidad: se succionaba, seductora, el dedo índice y luego lo hacía resbalar por el torso hasta el ombligo. Después paraba, sonreía y volvía a mover las piernas. Era diabólica y los padres seguían parloteando sin enterarse de nada de lo que estaba sucediendo ante sus narices. Lorenzo sí. Él se daba cuenta de todo. Después de algunos minutos, cuando se acabaron el vino, Lorenzo se levantó de su silla, bañado en sudor. Les dio las gracias y se marchó. La chica fue a su encuentro. Lorenzo esperaba delante de la puerta del ascensor, ella le sorprendió. Cuando la vio se bloqueó. Ella le besó en la mejilla, apoyándose en su espalda para susurrarle dulcemente al oído:

"nos vemos mañana". Entonces, le recorrió el lóbulo con la lengua, sonrío y volvió corriendo a su habitación. Mientras huía de esa especie de pesadilla, Lorenzo pensaba que el destino había decidido por él: aquello que no debía ocurrir, no ocurrió. En parte se sentía desilusionado, mientras su mente le felicitaba por haber escapado airosamente de un serio peligro al que nunca antes se había enfrontado.

Aquella noche soplaba un viento fresco, en comparación con noches anteriores. Deambuló durante una hora antes de volver a casa, pensando en la tontería que había estado a punto de cometer, sin poder sacarse de la cabeza aquella lengua y aquel cuerpo que aún le sofocaban. Esa última noche en Reggio Calabria la pasó a solas con sus pensamientos; su mujer ya dormía. Se desvistió, miró la cara de Francesca, que tenía una expresión serena y dulce. Se acercó a su oreja y empezó a besarla. Medio dormida, ella le apartó con el brazo. Él, insistentemente, se puso encima de ella, empezó a besarle el cuello y se le abrazó. Fue su victoria con aquella mujer que fingía aún su enfado, resistiéndose. Hicieron el amor, con una pasión desenfrenada, hasta el amanecer. Al despertarse por la mañana vio que Francesca ya le había preparado el café. Su aroma impregnaba toda la habitación. Ella se le acercó y le susurró una frase que lo dejó helado:

"Buenos días, papá".

Francesca aún flotaba después de recibir la confirmación de que estaba embarazada. Por fin podía decírselo a su marido. Por ese motivo había estado de tan mal humor los días anteriores, estaba nerviosa esperando los resultados del examen médico que se hizo antes de ir de vacaciones y que tardaban en llegar. No había dicho nada a Lorenzo hasta entonces; no sabía por qué. Quizá temía su reacción al conocer la noticia o quizá no quería darle falsas esperanzas con algo que no era seguro. Ella, que siempre había sido fuerte y decidida, ahora se sentía confusa como nunca. En su interior sentía todo tipo de emociones: fragilidad, temor, felicidad, inmensidad, inseguridad.... Al saber la noticia, una vez recobrado del shock, Lorenzo se sentó junto a ella y le puso la mano en el vientre. Fue entonces cuando, realmente, supo quién era y qué quería en la vida. Como si todo lo ocurrido antes de ese momento careciera de importancia. Ahora lo entendía. Entendía que quería muchísimo a Francesca y que no la quería perder por nada del mundo. No, no quería perder nunca a su Francesca y aquel hijo que esperaban. Los momentos previos que había vivido con aquella chica ya no tenían sentido. Ahora veía claro el sentido de aquella estupidez que había estado a punto de hacer, de lo que podía haber sido su final.

REGINA

Esa madrugada ya se pronosticaba un día bastante lluvioso y, por la mañana, el tiempo no prometía mejorar. Las cimas de las montañas estaban cubiertas por unas nubecillas grises y bajas que permanecerían allí durante horas. Soplaba una suave brisa. Cabía la posibilidad de que, a lo largo del día, las nubes se abriesen y volviera a brillar el sol.

"Buenos días, cariño". Lorenzo besó a Francesca en la frente, que estaba acurrucada en la cama.

"¡Buenos días!", le contestó desperezándose. Después le cogió la mano, se la acercó a la cara y la besó. "¡Qué sueño tengo hoy!".
"Ya veo, cariño. Creo que lloverá, el cielo está encapotado...".
"Eso significa que podremos estar un poco más en la cama, dejaremos que las niñas duerman también un poco más, ¿Vuelves a la cama a hacerme compañía?".
Con una mano, abrió la sábana, cogió la mano de Lorenzo, la colocó sobre su seno y la deslizó hasta su vientre. Él se sentó en la cama, a horcajadas, y empezó a besarle el cuello, el lóbulo derecho y los labios. Después la cogió por las piernas y se metió dentro de ella. Hicieron el amor hasta que se durmieron nuevamente, agotados.

"¡Mamá, despierta! ¡Uff, tenéis mucho sueño hoy!"
Carlota tiró de las sábanas, por la parte de Francesca. Al ver que no reaccionaba se rindió y decidió ir a por un vaso de agua, cuando su madre dijo:

"Mmmm, ¿qué pasa?, ¿qué hay Carlota?".

"Mamá, Ariel y yo estamos despiertas y tenemos hambre".

"Pero, ¿qué hora es?". Miró su reloj.

"¡Vaya, si son ya las once y media! Niñas, ahora me levanto y os preparo el desayuno. Tengo mucho sueño hoy...".

"Sí mamá, nosotras también hemos dormido mucho".

"¿A qué hora os habéis despertado?".

"No mamá, hace poco que hemos bajado a la cocina pero como no estabais, volvimos y hemos visto que aún dormíais".

"Vale, vamos, venid a la cama con nosotros. Venid aquí con mamá y papá. ¡Un ratito más y bajamos todos juntos!".

"Papá, es muy tarde, despierta", le susurró Ariel al oído.

"Mmmmm...Ya te he oído, ahora me estiro un poco y...".

Mientras estiraba los brazos, de repente, Lorenzo cogió y abrazó a las niñas, que estaban tendidas en medio de la cama y les hizo una pedorreta en la mejilla. A las niñas les encantaba que se lo hiciera.

Una media hora después, se levantaron y fueron a desayunar, menos Lorenzo que se quedó algunos minutos más sentado en la cama.

Movía la cabeza pensando en la pesadilla que, nuevamente, le había perturbado el sueño. Cada vez era más intenso y esta vez, recordaba haber leído el nombre de Francesca aunque no sabía dónde: quizá sobre un enorme prado, pero no estaba seguro. Como si fuera un recuerdo reprimido. Como el flash que le transportaba siempre a una habitación con una ventana y paredes muy blancas. Imágenes que le parecían reales pero no sabía dónde las había visto antes. Después, aquel dolor incesante, aquellos gritos. No lograba saber qué le estaba ocurriendo. Estaba turbado, quizá aquella pesadilla ya duraba demasiado tiempo. Tenía miedo. Esperaba, en el fondo de su corazón, que no fuera nada, aunque se temía, y sería inútil esconderlo, que podría ser algún problema psicológico o algo aún más serio.

Francesca salió de la habitación, fue a la de las niñas y las vistió. Cuando terminó, Carlota fue la primera en desaparecer, como un rayo. Bajó corriendo las escaleras, a pesar de los reproches de su madre.

La niña fue con Lorenzo y se le abrazó a una pierna, mientras él acababa de preparar un desayuno ligero.

"¿Qué te pasa peque?", preguntó Francesca a Ariel, que empezaba a gimotear mientras le ponía el jersey rosa del conejo blanco.

"Mamá, hoy estoy triste y el tiempo también lo está. ¡Todo oscuro... no me gusta!".

Francesca la acarició. Ariel creía que su humor podía influenciar en la meteorología porque, un día su abuela, para calmarla, le dijo que si seguía con su berrinche, incluso el cielo dejaría caer un mar de lágrimas. Desde entonces, Ariel estaba convencida de que sus lágrimas tenían el poder de hacer llover. Si era feliz, el tiempo era sereno y, si llovía, era por culpa de cualquier otra niña, no suya.

"Venga, vamos Ariel, ¡que hoy iremos a conocer a nuestra vaca!".

"¡Ah, sí mamá!, Me había olvidado, ¡voy corriendo a desayunar!".

"Vale, bébete el zumo y cómete sólo un donuts, no tantos como siempre...".

Acabado el desayuno, se dispusieron a emprender la marcha camino de la granja de turismo rural, situada a un par de kilómetros de su cabaña.

"Francesca, coge los paraguas... Dentro de poco va a llover. Quizá sería mejor ir en coche", dijo Lorenzo.

"¡No papá, vamos andando!", replicaron las niñas.

"De acuerdo niñas, como queráis", contestó él.

Después de unos veinte minutos llegaron a la granja donde les esperaba Guglielmo, el granjero. Llevaba la clásica camisa de lana a cuadros de colores, típica de la zona, pantalones gruesos, botas de trabajo y gorro alpino. Era muy alto, con el pelo largo, los ojos azules y un enorme bigote. Llevaba un delantal azul con las letras "Trentino Doc" y, bordados en el centro: pequeñas montañas, edelweiss y gencianas.

"¡Bienvenidos señores!... ¡Hola preciosas!". Guglielmo saludó a la familia desde el marco de la puerta con un tono muy jovial, dio un toquecito en las naricitas de Carlota y Ariel y les ofreció caramelos.

"Hola señor. ¿Dónde está nuestra vaca?", dijeron con una sonrisa que contagiaba alegría y ternura.

"De acuerdo, ¡no perdamos más tiempo! ¡Seguidme al establo!". Entraron en el establo adyacente a la sala de trabajo. Todo estaba muy bien cuidado, limpio y ordenado. Las vacas estaban en el pasto, menos una enorme que estaba allí sola. Tenía el pelaje marrón oscuro con manchas blancas. A todos les gustó mucho. La encontraban preciosa. Comía heno con ganas.

"¿Podemos acariciarla, señor?".
"¡Pues claro que podéis... no os comerá! ¡Y llamadme Elmo, niñas, que aquí no hay sires!".
Se hizo una risa general, aunque las niñas no entendían qué quería decir. En aquella zona se usaba *"sior"*, con la típica inflexión dialectal del véneto, para los señores, las personas ricas y acomodados.
No era, en absoluto, el caso de Elmo.

"Se llama Regina".

"¡Ya lo sabemos, señor, es nuestra vaca, tenemos el papel donde dice que es nuestra!".

De sus pequeñas mochilas, sacaron una especie de documento con la foto de la vaca y sus datos.

"Ah, cierto, faltaría más... ¡Pues claro que ya lo sabéis, qué tonto soy!".

Guglielmo río y prosiguió:

"Niñas, cuando queráis, recordad que luego tomaremos todo aquello que hagamos con su leche: queso, tosella, mantequilla y otras cosas".

"¿También podremos llevarla a casa?", preguntó Carlota radiante.

"¡Los productos, sí...evidentemente!", dijo divertido.

"¡No, no, señor Elmo, la vaca!".

Las niñas le miraron, pero luego se giraron suplicantes hacia sus padres.

"No niñas, ahora la enviaré al pasto porque ya tiene ganas de salir".

"Pero, señor, nosotros la hemos adoptado... ay, no, perdón... Elmo", dijo Ariel, convencida.

"¡Niñas, no podemos tenerla en casa! Ella está mejor aquí en el monte con sus amigas. ¿No creéis?".

"Sí papá, tienes razón". Carlota y Ariel se miraron intercambiando una señal de aprobación.

Adoptar una vaca era una iniciativa muy difundida en la zona del Lagorai. Algunas cabañas escogían vacas a las que se otorgaba un documento de identidad. Después, los visitantes podían adoptarlas pagando una cuota y se les daban los productos típicos elaborados allí. Un encuentro que servía para conocer aquel mundo lejano; sus tradiciones, sus sabores y sus espléndidos parajes. Hacía años que la iniciativa tenía mucho éxito, sobre todo entre los niños.

Elmo mostró a la familia como se hacía el queso y la ricota, y después les invitó a comer a su casa. Ya eran las dos de la tarde y todos tenían apetito. Acabado el almuerzo, se despidieron y volvieron andando a su refugio. A los pocos metros, Elmo les llamó porque se habían olvidado el cesto con las exquisiteces de su Regina. Casi habían llegado al refugio cuando empezó a diluviar.

"Ufff, qué tiempecito... abramos los paraguas, si no, nos empaparemos".

"Sí Lorenzo, por suerte ya casi hemos llegado".

"¿Qué te parece, Francesca, si vamos a la cabaña que nos han recomendado? ¡Está aquí cerca! Hemos de volver ya a casa y me sabe mal no pasar a verla".

"Vale, por mí de acuerdo, esta noche, cuando volvamos, tendremos tiempo de preparar la maleta y limpiar un poco la cabaña. Mañana nos vamos y debemos dejarlo todo ordenado".

"¡Vale!".

Cogieron el coche y, en diez minutos, llegaron al refugio. Una estructura que habían visto muchas veces pero que, por un motivo u otro, no habían tenido ocasión de visitar.

"Buenos días", dijo el propietario tan pronto entraron.

"Buenos días", respondió Lorenzo. Se sentaron en la mesa a la derecha de la entrada.

"¿Qué les sirvo?", les preguntó un joven camarero.

"Para mí un ginger y, para las niñas, té con limón. ¿Y tú, Lorenzo?".

"¡Pues, yo tomaré aquel licor típico que tenéis aquí, hace años que no lo bebo!".

"Ah, un Parampampoli?" dijo el joven.

“¡Sí, sí, eso mismo!”.
El camarero se alejó y poco después volvió con las bebidas. Los dos tés, el ginger y una taza de cerámica parecida a la de café, casi del mismo tamaño pero con unas patitas.

“¡Ah, se lo han bebido todo!”, rió Francesca mientras las niñas también se echaban a reír.

“¡Atención, por favor!”.
Una oleada de calor les invadió. En una pequeña sartén rosa, de mango largo, quemaba un licor, en medio de preciosas llamas rojas. El camarero lo meneó y vertió un poco en la taza, hasta llegar al borde.

“¡Papá, fuego!... ¡Mira qué llama!”, dijo Ariel estupefacta.

“¡Sí, papá, mira... sigue quemando ahí dentro!”, confirmó Carlota.

“¡Venga, ahora soplemos todos juntos! ¡Va, un gran soplido!”.
Lorenzo sopló suavemente para apagar el fuego, mientras que las niñas soplaron tan fuerte que el líquido salpicó un poco a su padre.

“Lorenzo, ¿no te quemas la boca?”.
“No cariño, está muy caliente pero a pequeños sorbitos está bien. ¡Madre mía, cuánto tiempo hacía que no bebía esto!”.
“¿Me dejas probarlo?”.
“Sí, pero ten cuidado, que es muy fuerte”.
“Sólo daré un sorbito...”.
Francesca probó el brebaje y, alejando la taza, intentó adivinar los ingredientes.

“¡Sí, es fuerte, pero está dulce... está bueno! ¿Qué lleva?”.

"Si no recuerdo mal: café, grappa, azúcar, miel... pero no sé la receta exacta. Creo que, más o menos, los ingredientes principales son estos...".
"Sí, se nota la grappa".
Acabaron las bebidas y esperaron a que viniera alguien del lugar. El camarero, cuando vio los vasos vacíos, se acercó.

"¿Perdone, podemos ir a la bodega?", preguntó Lorenzo.
"Un momento que lo pregunto... Sí, pueden ir. ¿Quieren beber algo más, señores?".
"No, muchas gracias, bajamos a la bodega enseguida".
"Sigan aquel grupo de gente", el chico les indicó unas personas en fila india que atravesaban una puerta.
"¡Gracias, vamos con ellos niñas!".
Se encaminaron hacia ellos. Descendieron cuatro tramos de escaleras y llegaron a la bodega, que estaba compuesta de cinco salas. Hacía frío pero era soportable, si no, no se conservarían los alimentos. En la primera sala había botellas de vino o de grappa sobre el muro y del techo colgaban todo tipo de embutidos. La segunda estancia estaba sostenida por un poste central que pesaba seguramente más de un quintal y en ella estaban las salchichas hechas por el maestro, junto a estantes repletos de queso de, al menos, un centenar de formas. En la tercera habitación había colgados muchos speck ahumados, el embutido de cerdo típico de la zona. En todas aquellas salas los aromas que todo aquello desprendía abría el apetito, daba un hambre atroz que haría a cualquiera capaz de devorarlo todo.

"¡Mira papá, qué cantidad de cosas para comer!". Las niñas miraban todo aquello que colgaba sobre sus cabezas y se deleitaban con su aroma.

"¿Niñas, veis cuántas salchichas hay aquí?".
"Sí, sí..."

"Y si miráis atentamente, veréis que todas ellas juntas miden tres veces la medida de la habitación. ¡Es la salchicha más larga del mundo!".

"¡Y debe de ser la más buena!", exclamó Ariel riendo, antes de esconderse tras las piernas de su padre cuando un señor se rio al oír su comentario.

"Sí, me parece que sí, Ariel. Pero no creo que nos dejen comprobarla ¿sabes?".

Hicieron un breve recorrido por el local y alguna degustación, compraron un par de salchichas y salieron.

Antes de marcharse, pagaron la cuenta y regresaron a su cabaña. Ya era de noche y todos estaban exhaustos después de aquel día agotador.

"¿Cenamos alguna cosa, niñas?".

"¡No mamá, ya hemos comido mucho!".

"Tampoco yo tengo hambre, Francesca. Entre la comida y las degustaciones estoy hinchado como un globo".

"Vale, pues no comamos nada entonces. Niñas, vamos a preparar las maletas y limpiemos un poco para tenerlo todo listo para mañana, así...".

Francesca fue interrumpida por los gritos de las niñas. Ambas señalaban a la ventana... ¡Mira, mamá...! ¡Está nevando!

"No niñas, no es nieve. ¡Es granizo y son bolas grandes, como pelotas de ping-pong!".

"Pobre coche, lleva pintura a prueba de granizo pero con estas bolas... ¡espero que no salte!".

"Bien, Lorenzo.... tú siempre sufriendo por el coche nuevo. Tranquilo, que no le pasará nada".

Francesca abrazó a su marido rodeándolo con sus brazos y le besó en la mejilla.

"Sí claro, para ti es fácil... Niñas, ya sé que hemos comido mucho pero, ¿no os apetecería un té caliente con galletas de montaña para cenar?

"¡Sí papá, qué rico!".

"Uff Lorenzo, ¡todos hemos comido mucho ya...!".

"Pero cariño, les mimaremos un poco antes de regresar. Después, ya sabes que, una vez empecemos a trabajar, esto se acaba, ¿eh? Todos juntos como ahora...".

"Sí, tienes razón".

"Vale, pues voy a calentar agua y limpio un poco la cocina, vosotras ayudad a mamá a hacer las maletas y a limpiar las habitaciones y la sala de estar".

Las niñas se fueron con su madre y después de una media hora, una vez arreglada un poco la casa, se sentaron todos juntos alrededor de la mesa de la cocina.

"Papá, ya hemos acabado", dijo Ariel muy contenta.

"Ahora tomaos este té de frutas del bosque, buenísimo. Cuidado que quema".

"Yo cojo las galletas".

Carlota sacó del armario aquellas exquisiteces. Las galletas, en forma de corazón, estaban hechas con mantequilla casera y, en el centro, tenían un relleno de mermelada y miel; eran productos de la zona y, por eso, las niñas las llamaban "galletas de montaña".

"Sabes Francesca, me parece que voy echar una carrerita de media hora, ahora que ha dejado de granizar".

"Vale, pero ve despacio y abrígate un poco".

Lorenzo salió de la habitación, se puso las zapatillas de deporte, cogió el iPod, se despidió y se fue a correr. Le encantaba ir a dar una vuelta en bici o correr, cuando podía. Le relajaba. Se puso los auriculares, subió el volumen y empezó su carrera. Dio una gran vuelta, no había coches y pudo disfrutar de la naturaleza y la tranquilidad, tan escasas en su vida cotidiana. Todo el entorno se movía con él. Le gustaba notar el cansancio, el sudor que le descendía por la frente. Aquella sensación le regeneraba, le ayudaba a sentirse vivo de cuerpo y mente. Regresó a casa, abrió la puerta lentamente, y entró sudoroso, dispuesto a darse una ducha caliente.

"Pero, ¿aún estáis aquí?", dijo Lorenzo envuelto en un albornoz que se puso nada más salir de la ducha.

"Sí papá, estamos jugando a los mimos".
"¡Qué buenas que son mis niñas!".
Lorenzo se inclinó y besó a Ariel en la cabeza.

"¿Juegas con nosotros?".
"¡Vale Carlota, juego!"
"¡Te toca a ti, mamá!". Francesca entró.

"Ahora, ¿qué palabra es, mamá?" le preguntaron las niñas divertidas.
Ella señaló con gestos el número uno y luego juntó las manos.

"¡Rezar!", gritó Carlota.
Francesca negó con la cabeza y repitió el gesto.

"¡Nadar!", gritó de nuevo Carlota, y todos rompieron a reír.

"¡Que no, Carlota...!. ¿Por qué dices nadar?".
"Pues, papá... porque pensaba que hacía el gesto de nadar" y todos volvieron a reír.

"Ahora esperemos que mamá acabe de gesticular la palabra", dijo Ariel.

Francesca volvió a poner las manos juntas al lado de la oreja, la cabeza sobre ellas y cerró los ojos.

"¡Dormir!", gritó Carlota riendo.

"Bravo", dijo Francesca.
"¡Hala, yo también la sabía!", se quejó Ariel.

"Sí, muy bien Carlota, la has adivinado: la palabra era dormir y ahora todos vamos a dormir".
Sonriendo, Francesca les insinuó que se había hecho tarde y que debían de irse a la cama.
Arreglaron de nuevo la sala y luego cada uno se fue a su habitación.
Lorenzo fue a acostar a las niñas, quería contarles un cuento, pero estaban tan cansadas que se durmieron enseguida. Encontró a Francesca en el baño untándose con crema hidratante las manos y la cara.

"Sabes, estoy muy feliz por las niñas".
"Sí, este lugar es perfecto para ellas, además han cogido un poco de sol. Han comido muy bien, sin tantas porquerías y se han divertido mucho jugando".
"Sí, creo que nos ha hecho muy bien a todos estar en contacto con la naturaleza".
"Pero ahora vamos a dormir, Lorenzo, estoy muerta, ya no tengo fuerzas ni para hablar".
"Tienes razón cariño, buenas noches".
Se besaron tiernamente en los labios y se durmieron.

LA CURA

"Doctora, ¡creo que la tenemos!", exclamó Erwin emocionado. Erwin era un investigador ítalo-americano de indudable talento, que llevaba trabajando en aquel laboratorio de investigación casi un año. Trabajaba en un puesto aventajado, especialmente para él, pues acababa de terminar la especialización universitaria y eso no era fácil de conseguir; era como un sueño hecho realidad. Se le consideraba un talento, un verdadero genio. Durante sus estudios había tenido la oportunidad de conocer la nanotecnología nuclear bidimensional. Trabajó durante seis meses para el sector de experimentación de las Naciones Unidas, en la luna. Tenía algo más de veinte años, era alto, delgaducho, con el pelo rapado al cero y un gran lunar morado en medio de la mejilla izquierda. Era guapo, aunque él no perdía el tiempo en mujeres y diversión. Para Erwin la investigación era lo único importante en su vida.

"En serio..." respondió Ester. La responsable del laboratorio intentó observar las dos pantallas tridimensionales que tenía delante. Su respuesta había sido un reflejo condicionado a la exclamación de su investigador, estaba muy concentrada.

"Déjame ver... ya voy". Se levantó y fue directa a donde estaba Erwin.

"¡Doctora, doctora!". También Molly, la secretaria llamó a su responsable.

"Sí, dime, Molly".
"Le reclaman en el canal dos".
"Dime, ¿hay novedades?".

Ester respondió a la video-llamada donde le esperaba la cara de un hombre de edad avanzada, ataviado con una bata.

"Ester, los resultados son los mismos de los diez últimos años. Las curvas señalan de día un estado de reposo absoluto pero, a un cierto punto, casi siempre a la misma hora, salen picos increíbles que duran algunos minutos, para luego restablecerse. Se repiten cada setenta y dos horas, durante unos diez minutos. Después vuelve a la calma. Según nuestra teoría y los datos que tenemos, creemos poder asegurar que su estado es producto de un traumatismo. Se ha encerrado en sí mismo por completo".

"Entonces, ¡no me equivocaba! ¡Vamos bien encaminados! Cuando se despierte ya veremos si, verdaderamente, tu colega tenía razón sobre la teoría del refugio que él se ha creado y que yo no comparto", afirmó Ester muy seriamente.

"¿Está segura, doctora?".Preguntó Arianna, una investigadora florentina. Tenía cerca de cincuenta años y acumulaba una gran experiencia por lo que era una eminencia en el sector, ya sea por sus consejos profesionales, como humanos. Estaba considerada como una de los pocos especialistas mundiales en las ondas cerebrales dimensionales y las funciones ocultas del cerebro. Era una mujer rellenita, muy calmada, mesurada y agradable. Se había casado a los veinte años y, por fin, hacía un par de años había conseguido su sueño de ser madre. Había dado a luz a dos esplendidas y chillonas gemelas. Dormía poco, pero la felicidad que sentía se lo compensaba con creces. Fue una de las investigadoras que Ester había pedido expresamente para aquella ocasión única que parecía haber llegado.

"Sí, estoy segurísima, este examen, gracias a tu diagnóstico y a la técnica que hemos aplicado, nos confirma que todo va en una única dirección".
"¿En serio?, preguntó emocionada Arianna.

"Sí, venga chicos, ¡que vamos en la dirección correcta! Quiero tener la cura lista para dentro de unas semanas. ¡Vamos!".

REGRESO

"¡Despierta Lorenzo, despierta!, exclamó Francesca a medianoche sacudiéndolo con fuerza".

"¿Qué pasa, cariño?".

Respondió girándose nervioso hacia ella, encendiendo la luz de la mesilla de noche.

"Estabas llamando a las niñas a gritos, agitabas los brazos. Parecías desesperado. He tenido miedo y te he despertado".

Mientras se lo decía, le resbalaban algunas lágrimas por la cara. Estaba muy asustada.

"Francesca, me has despertado de golpe pero recuerdo perfectamente lo que soñaba. Es la pesadilla de siempre: veo las paredes blancas, las toco y están heladas. Hay un crucifijo delante de mí y una gran ventana. Dos personas me observan y me señalan, parece que las conozco, pero no caigo en quiénes son. Oigo voces...".

"¿Voces?", preguntó Francesca.

"Sí, voces. Veo tu cara unos segundos y, después, nuestras hijas se alejan, intento sujetarlas pero no lo consigo. Recuerdo que retengo a Carlota durante unos minutos y luego se gira hacia mí. Me llama, llora, yo estoy allí y le respondo pero no me oye y luego... ¡me has despertado! Ves, lo recuerdo todo...".

"Cuando volvamos a Padua iremos a ver a un especialista. No puede ser que siempre tengas esta pesadilla. Esta vez me has asustado. Puede que sea algo serio".

"Sí, tienes razón cariño. Pediré cita con el médico, te lo juro. La semana que viene le llamaré. Aunque creo que quizá sólo sea estrés por el trabajo".

“Sí, es posible, tesoro. Pero, para quedarnos tranquilos, es mejor que te vea un médico”.

“De acuerdo. Ahora volvamos a dormir”.

Francesca se acercó a Lorenzo, le besó, le abrazó fuertemente y se durmieron hasta la mañana siguiente.

“¿Café?”.

“Sí amor, esta mañana te me has adelantado”.

Lorenzo bostezó y se rascó la barriga. Aún llevaba puesto el pijama y las zapatillas con peluches de las niñas. Se las había encontrado en el baño y, como tenía los pies helados, se las puso, aunque le venían pequeñas. Prácticamente, sólo le cubrían la punta del pie.

“¿Qué hora es, Francesca?”.

“Las diez, cariño. Hemos dormido mucho esta mañana, ¿eh?”.

“Y tanto”.

Lorenzo recordó por unos instantes lo ocurrido la pasada noche. Luego se levantó.

De pronto, sonó el móvil de Francesca.

“¿Sí, diga? ¡Ah, papá, buenos días!”.

“Hola Francesca. Perdona si te molesto, pero esta noche llega aquel cliente tan importante de Japón, ha adelantado su llegada y ha preguntado expresamente por ti. ¿Qué hacemos? ¿Regresáis esta tarde, no?”.

“Sí papá. Ya se nos han acabado las tres semanas de vacaciones y saldremos este mediodía, así que, esta noche estaré allí, sin problemas. Además, intentaremos salir un poco antes para ir más tranquilos, no te preocupes”.

“Gracias hija”.

“Y papá, estate tranquilo, ¡el cliente ya es nuestro, verás como sí!”.

"Vale, pues te espero, así iremos juntos al aeropuerto. Perdona por molestarte. Saluda a las niñas y diles que tengo muchas ganas de verlas... Ah, y dale recuerdos a Lorenzo.".
"Vale papá, de tu parte, las niñas aún duermen pero ahora las despierto y se lo digo. ¡Adiós papá!"
"¡Adiós Francesca!".
"Lorenzo, era mi padre y...".
"Ya lo he oído. No hay ningún problema. Ya sé lo importante que es para vosotros ese cliente y creo que deberías poner al día tu japonés. Hace mucho que no lo practicas, ¿verdad?".
Lorenzo se echó a reír, se levantó, cogió la taza de café vacía de la mano de Francesca y la besó en la mejilla.
Ella se ruborizó, esos gestos de su marido aún le emocionaban y le sorprendían.

"Ve a despertar a las niñas para desayunar y luego nos vamos".
"Vale, voy".
Francesca le acarició la cara y le miró a los ojos durante unos instantes, luego se fue. Las niñas, una vez despiertas, recibieron los saludos de su abuelo y afirmaron tener también muchas ganas de abrazarle. De hecho, pronto recibirían un bonito regalo. Su abuelo era muy bueno, pensaban. Desayunaron, guardaron las últimas cosas en las maletas y acabaron de recogerlo todo, Lorenzo fue a devolver las llaves de la cabaña al propietario y pagó la cuenta de su estancia, afirmando que el año próximo pretendían volver. Los hombres sellaron esa promesa brindando con una copa de vino".

"¡Venga, venga, carguemos las maletas, niñas!"
"Sí papá".
"¿Ya has vuelto?".
"Sí Francesca, ya está todo. Ningún problema. Tenemos que volver a este sitio, tarde o temprano... Nos lo hemos pasado muy bien, ¿verdad, cariño?".

"Sí, mucho, quizá podríamos venir a pasar un fin de semana los dos solos. Dejamos a las niñas con los abuelos. ¿Qué me dices? Francesca le guiño el ojo y le sonrió".

"¡Oh, es una gran idea; sí, una idea magnífica!".

"¡Venga, vámonos!".

"Entonces, ¿conduces tú, como dijiste?". Me acabo de tomar una copa de vino con el propietario...".

"Vale, en un par de horas estaremos en la ciudad, ¡esperemos! Necesito un guía y ¿quién podría ser? Veamos... mmmm, papá no... mmmm, veamos..."

"¡Yo, yo!", chillaron las niñas a la vez, saltando con el brazo alzado para que las viera. Lorenzo y Francesca sonrieron.

"Vale, ya lo capto, ¡yo voy detrás!".

Lorenzo se sentó en los asientos posteriores del vehículo.

"Vale, pues en el primer trozo que me guie Carlota y luego vienes tú a hacer de guía, Ariel, ¿de acuerdo?".

"Sí", dijo entusiastamente Ariel.

"Vale..." dijo entre dientes Carlota.

Emprendieron su regreso y cantaron todo el camino canciones de montaña, las canciones de sus dibujos animados preferidos y otras canciones que les gustaban a las niñas como "Viky, la anchoa guitarrista" y "Guscetto, el hombre pistacho".

Pararon a la altura de Bassano del Grappa para picar algo y para cambiar de guía.

"Vale Ariel, ponte el cinturón y nos vamos".

"Sí mamá, ahora te guiaré yo".

Llegados a Padua Francesca conectó el GPS, que era obligatorio cuando se entraba en la ciudad. Hacía un par de años que esta ley había entrado en vigor.

"¿Ves Lorenzo qué bien que he conducido?".

"Sí, sí, muy bien... Esta vez no puedo decir nada".
Lorenzo sonrío y Francesca se relajó al oírlo.

"¡Tengo unas ganas de llegar para darme un baño!".
"Sí cariño, quizá lo único que me ha faltado hoy es una gran nadada".
"¡Sí, la piscina!" gritaron entusiastas las niñas.
De pronto, Lorenzo notó algo peligroso delante de ellos.

"¡Pero mira aquel camión cómo coge la rotonda, Está loco!".
Una tremenda explosión hizo retumbar los cristales de las ventanas de las casas de la zona. Salía humo de la carretera, humo negro y acre. Mucha gente miró desde sus ventanas, otros muchos corrieron al lugar del accidente. En breves instantes, llegaron las ambulancias y la policía que estaban por la zona. Había gente que agachaba la cabeza, otros se llevaban las manos a la cara y rompían a llorar.

"¿Qué ha ocurrido?", preguntó un transeúnte a uno de los policías mientras acotaba la zona con cinta roja y blanca.

"Un accidente muy fuerte, parece que un camión ha invadido el carril contrario".
"¿Hay heridos?".
"Mire, creo que una familia de cuatro miembros que iba en ese coche aplastado de ahí. Francamente, no sabría darle más detalles, acabo de llegar y tengo orden de mantener alejada a la gente de aquí. Se están investigando las causas, pero parece que le ha fallado un eje al camión o el sistema de marcha automática. El conductor del camión creo que está bien, los otros, no lo sé".

EL ABANDONO

“Doctora Ester, estamos monitorizando al paciente ya que hace poco ha marcado un pico más intenso que los otros y le hemos administrado un calmante”.

“¡Perfecto, muy bien chicos!”.

“Nos quedamos aquí, y si hay cualquier novedad, le avisaremos enseguida”.

“Vale, finalmente, mañana todo cambiará o eso espero al menos. La cura está lista y es positiva”.
Ester miró a sus chicos y éstos le respondieron con una sonrisa general, alguno con un movimiento afirmativo con la cabeza y otros levantando el pulgar.

“Llamad a Carlota. Mañana será un gran día”.
“Sí”, respondió Molly, que estaba en su oficina, descolgó el teléfono, “¿Hola?”.
“Sí, hola...” respondió Carlota excitada al reconocer esa voz, que casi siempre que la llamaba, no era para darle buenas noticias, pero esta vez sabía que si la llamaba, sólo podía ser por un motivo.

“Señorita Carlota, mañana debería venir a la clínica...”
“De acuerdo, ¿hay novedades?”.
“La doctora Ester me ha dicho que mañana será un gran día”.
“De acuerdo, pues hasta mañana, ¿hacia las cinco iría bien, o ha de ser antes?
“Cuando usted quiera, aquí la esperamos. No haremos nada hasta que llegue”.

Mientras le daba las gracias a Carlota, se secó una lágrima que le resbalaba por la cara. Empezó a mover las manos, nerviosamente, buscando algo que hacer o que coger".
"¿Quién era?", dijo su abuelo que se estaba acercando por el pasillo con su bastón.

"Era de parte de Ester, abuelo. Quiere que mañana nos pasemos por la clínica".
Carlota le abrazó y empezó a llorar desconsoladamente sobre su espalda.

"¡Ya era hora!", respondió el abuelo con tono severo, pero conmovido. Después, miró a su nieta y le hizo una caricia.
"¡Vamos, vamos, Carlota: que si no mañana aún tendrás los ojos hinchados!".
"Tienes razón, abuelo", sonrió Carlota.

“Doctor, ha llegado el helicóptero”.

“¿Cuántos son?”.

“Por ahora dos. Los demás aún están allí, esperemos que llegue el inspector jefe para realizar la investigación”.

“De acuerdo, ¿tienen una primera valoración de su estado?”.

“Sí, la niña parece tener una pierna y un brazo fracturados. El adulto, es un varón de unos cuarenta años, sufre rotura de costillas y de las extremidades superiores”.

“De acuerdo, llevadlos a urgencias para que les hagan los análisis, luego les reconoceré y veremos cómo proceder”.

“¿Dónde estamos?”, gritó Lorenzo al recobrar la consciencia cuando le estiraron en la camilla.

“No se preocupe señor. Está en el hospital”, respondió una enfermera.

“Oh, Dios mío. ¿Qué ha pasado? ¡Aquel camión, aquel maldito camión! Por favor, dígame, mi familia... ¿cómo están?, ¿dónde están?”.

“Señor, ahora vamos a curarle y luego ya hablaremos...”.

Lorenzo, leyendo el nombre de su placa le dijo:

“Miriam, se llama Miriam, ¿verdad?, ¡le ruego que me diga cómo están mi mujer y mis hijas!”.

Su voz desesperada preocupó al médico que llegó enseguida con un aspecto serio y le pasó una jeringuilla con calmante a la enfermera.

“No, doctor, primero quiero saber cómo están, ¡por favor! Dígame, mis niñas, mi mujer, ¿cómo están?, ¿dónde están?”.

Con la mano cogía la manga de la bata del doctor.

“¡Hacemos lo que podemos, no se preocupe!”.

El doctor se le acercó y se inclinó junto a Lorenzo mientras le ponían la inyección.

A los pocos segundos, Lorenzo cerró los ojos y paró de moverse y de hablar. Su mano, ahora débil, aún se cogía a la bata del médico en un intento desesperado de encontrar respuestas. El médico se la puso sobre el pecho y la enfermera retrocedió mirándolo compasiva.

"Doctor, ¿en qué condiciones están los otros miembros de su familia?".

"Me han dicho que ha habido dos muertos. Una mujer, su esposa y seguramente una de las dos niñas, la que iba delante. No tuvieron ninguna oportunidad. Pero parece que la que iba detrás con el padre, ha sobrevivido al impacto aunque su estado es muy crítico. Tiene una grave hemorragia interna y no se sabe seguro si sobrevivirá".

Aunque tenía los ojos cerrados y el calmante estaba haciendo su efecto, Lorenzo lo había oído todo al detalle.

"Enfermera, vigile al paciente. Yo vuelvo ahora".

"Sí doctor".

Se acercó a Lorenzo y vio que estaba inmóvil, con los ojos cerrados pero las lágrimas resbalaban por su rostro.

"¡Enfermera!". El doctor la llamó desde el pasillo, ella fue a su encuentro.

"¿Qué ocurre, doctor?".

"Acabo de saber que la otra niña ha sobrevivido".

"¿De verdad?".

El rostro de la enfermera se iluminó. La mujer volvió a la habitación. Se acercó y le susurró a Lorenzo en el oído, convencida de darle una buena noticia:

"Su hija está viva, se recuperará".

Por desgracia, ya no pudo oír esas palabras. Su alma estaba convulsionada y su corazón roto. Habían abandonado su cuerpo, presos del dolor.

CARLOTA

"¿Sí, diga?".

"Buenos días, soy Carlota. Llegaré en una hora, aproximadamente, hacia las seis".

"Perfecto, está el médico jefe y la doctora Ester".

Seguidamente, Carlota colgó el teléfono, se desperezó y se frotó los ojos hinchados por el sueño y el cansancio. Fue a su habitación, abrió el armario de estilo Luis XVI, donde guardó algunas camisetas, torciendo la nariz.

De pronto, el despertador sonó, lo había conectado por miedo a dormirse. Allí estaba, en la mesilla de noche, marcando la hora y la fecha. Era el uno de junio de 2035.

Se puso unos vaqueros negros ajustados, una camiseta de color rosa con una rosa dibujada en el pecho y los botines marrones. Carlota se parecía mucho a su madre cuando era joven, en el aspecto y en la manera de vestir. Como muchas chicas de su edad, lucía unos tatuajes tridimensionales, los cuales, con una ligera presión se movían durante apenas unos segundos. Un delfín que salta en el mar, en su tobillo y una pequeña rosa en su muñeca.

"Abuelo, ¿vienes conmigo?". Gritó desde su cuarto al abuelo que estaba en el pasillo.

"¡Carlota, no grites!", dijo el abuelo molesto por sus gritos.

Era muy mayor y tenía algún que otro problema de audición, a parte de la cojera, estaba muy bien para su edad y no tenía otros achaques. Aún ostentaba el cargo de presidente honorario de la empresa ya que, hacía un par de años, había delegado sus funciones en un gerente de su confianza y en su nieta Carlota. Ella era como su madre: determinada, ambiciosa, profesional y tenía intuición para los negocios. Trabajaba hasta catorce horas seguidas sin ningún problema, supervisando todos los departamentos, haciendo el seguimiento de la producción y encargándose del lado comercial. Toda la plantilla la apreciaba, desde los ejecutivos, hasta los operarios e investigadores y, aunque aún era muy joven, se enorgullecía de llevar adelante la empresa familiar. Carlota no tenía ningún título superior, cuando se graduó, se fue a trabajar con su abuelo Raimundo. Después del accidente, había asuntos de mucha responsabilidad que tratar y uno era este, según ella: ayudar a su abuelo como hubiera hecho su madre.

"Carlota, en cuanto llegues, llámame. Hoy me quedo aquí, no me encuentro muy bien...".

"¿Qué tienes abuelo...?".

"Nada, creo que he cogido frío, me duele el tobillo, como de costumbre".

Hacía un par de años que el abuelo se había lastimado el tobillo al ir a buscar setas al bosque. Había pisado una ramilla que estaba oculta por una hoja, perdió el equilibrio y cayó estrepitosamente al suelo, destrozándose irreparablemente los ligamentos del tobillo derecho.

"Vale, pues me voy, abuelo. Nos vemos luego".

"Adiós Carlota... ¿no le das un beso a tu pobre abuelo?".

Carlota sonrió y le plantó un beso en la mejilla, después se dirigió a su coche. Sabía que, aparte del dolor de la pierna o del pie, la posibilidad de que su padre se despertase le emocionaba demasiado. Para él era un sufrimiento estar en el hospital, por eso Carlota, no insistió en que le acompañara.

Cuando faltaban pocos metros para llegar a la clínica, suspiró. Ella también estaba nerviosa y emocionada, aunque delante de la gente, intentaba ocultarlo. Aparcó el coche y entró.

“Buenas tardes señorita Carlota”, le dijo una enfermera que se cruzó con ella en la entrada.

“Buenas tardes Hermana, ¿sabe dónde puedo encontrar al doctor Benedetti?”.

“Sí, la está esperando en su despacho”.

“De acuerdo, gracias y buenos días”.

Carlota llegó al ascensor, pulsó el botón y esperó.

Cuando las puertas se abrieron, vio a Augusto, un joven enfermero rubio, de ojos azules y orejas ligeramente más grandes de lo normal y salidas. A Carlota le gustaba mucho. Se ruborizaba y se le ponía la piel de gallina cuando lo veía.

“Hola, Carlota, ¿cómo estás?”, dijo Augusto sonriéndole tímidamente. Se mordía el labio superior y llevaba las manos cruzadas delante, moviendo los pulgares nerviosamente.

“Eh, bien... ¿ya te vas?”.

“No, no. Voy al jardín a buscar a tu padre que lleva una horita tomando un poco de aire fresco. Lo llevo de vuelta a la habitación porque parece que va a llover dentro de poco...”.

“Vale, te espero arriba mientras lo traes”, dijo Carlota, enrojecida.

“Vale”, contestó Augusto mientras salía todo emocionado. Tenía el corazón en la garganta y no consiguió articular ninguna palabra más.

Cuando llegó al último piso, Carlota se dirigió al despacho del doctor. Antes de entrar, se detuvo, suspiró y llamó a la puerta.

“¡Adelante!”.

“Buenas tardes, doctor”.

“Buenas tardes, Carlota”, dijo el doctor Benedetti, con expresión seria. Era un prodigio de la medicina. Su acento desvelaba su

origen sardo. Era un hombre atractivo y serio, de unos sesenta
años.

"Doctor, ¿cómo va el tratamiento?".
"Señorita Carlota, puedo decir que finalmente, después de
quince años, hoy lograremos hacer que su padre despierte".
Carlota tragó saliva, le brillaron los ojos. Apareció una lágrima
en su ojo derecho que secó de inmediato, mientras ladeaba la
cabeza.

"¿De verdad, doctor, en serio?".
"Señorita, yo no bromeo nunca y más en cuestiones médicas",
dijo el doctor al tiempo que se ponía de pie.
Carlota también se incorporó y se le quedó mirando, seria.

"Ya lo sé doctor... pero esto no me lo esperaba. Durante años
han probado muchos tratamientos que no dieron resultados
claros. Cuando me han dicho que ahora querían probar un
tratamiento nuevo, aún en fase experimental, no me imaginaba
que tendría resultados tan inmediatos".
"Tiene razón y disculpe si he sido brusco". El médico habló más
por interés que por educación, al recordar que aquella clínica
destinada a hospitalizar a pacientes de larga duración, era
también un laboratorio de investigación de vanguardia, ideado,
construido y, posteriormente, financiado por el abuelo de Carlota.

"¡Vamos!".
Salieron encaminándose al distribuidor. El largo pasillo tenía
una cristalera desde la que se podía ver el interior de las
habitaciones de los pacientes, todo estaba muy limpio y parecía
confortable. Cuando llegaron a la habitación, Carlota vio que su
padre aún no había llegado. Entró y se sentó en la silla; su silla,
aquella en la que se había sentado los últimos quince años,
cuando visitaba a su padre. Se acercó a un metro de la cama.

“¿Cómo que aún no está aquí?”, preguntó el médico.

“No importa, ya me espero. No pasa nada, doctor”.

“Sí, señorita, pero ¡ya debería estar aquí!”.

El médico estaba contrariado, una ceja levantada y los brazos cruzados le delataban. A Carlota le disgustaba la idea de que pudiera regañar a Augusto en aquel día que podía ser tan especial.

Mientras estaba sentaba con las manos en las piernas, que movía nerviosamente, empezó a fijarse en aquella habitación que había visto más de cien veces. Paredes blancas, un armario, un mueble para la televisión y un ordenador portátil. Frente a la cama, colgaba la fotografía de Lorenzo, Francesca, Carlota y Ariel y un reloj de madera con manecillas que marcaban la hora con el típico tic-tac. En la mesilla había una botellita de agua. Carlota se sirvió un poco en un vaso. Después, miró por la gran ventana que daba al jardín. Vio la estatua de mármol blanco, tamaño natural, de su madre, con su hermana a su lado. Ambas figuras miraban hacia la clínica, hacía la habitación donde estaba su padre. Eran muy parecidas a las personas que se suponía que recordaría para siempre.

Habían construido un parque lleno de caminitos que iban a todas partes del perímetro. Incluso, había una fuente que brotaba de una gran roca, donde estaba escrito “Ariel”, en letras doradas, en dirección al horizonte, hacía la casa del abuelo. Éste pensaba que así, su nieta siempre estaría con él. En el parque había muchos tipos diferentes de plantas, árboles y flores. Las grandes macetas situadas en la entrada de la clínica formaban la palabra Francesca.

“Ya estamos”, dijo Augusto sonriendo, mientras entraba a Lorenzo en una silla de ruedas.

“Hola papá”, dijo Carlota con voz ahogada, acercándose con la cara a su padre y poniéndole la mano en la espalda.

"Bien, señor Lorenzo, un último esfuerzo", dijo Augusto poniendo a Lorenzo en la cama, ayudado por un enfermero que acababa de entrar en la habitación.

"¿Algo más, doctor?".
"Sí, quédate aquí en la habitación, haced turnos, siempre deberá haber alguien con él".
"Papá, ¿me oyes? Carlota lo llamaba apoyada en la cama.

"Señorita, por favor, debo ponerle la inyección, si es tan amable de apartarse, no sé cuánto tiempo tardará en reaccionar".
"Muy bien, doctor".
Carlota se levantó y puso su silla frente a la cama, mirando a su padre con aprensión.
El doctor tomó la jeringa, insirió su contenido en la vía que Lorenzo llevaba, que era ya casi como un apéndice natural de su cuerpo.

"Ahora, sólo queda esperar, señorita, no se preocupe".
"Muy bien doctor".
Carlota sonrió tímidamente al doctor y luego se giró hacia los enfermeros, en especial hacia Augusto. Estaba contenta de que estuviera allí en ese momento, le daba seguridad. Carlota puso una pierna sobre la otra y observó a su padre.

Crónica 01/09/2018 telenoticiasnacionalwebnews: crónica en directo

–

Nos notifican que ha llegado un enviado especial al lugar del accidente. En la zona nuestro enviado Julián.
Julián, cuando quieras.

–

Sí, gracias. Una nueva tragedia en la carretera desgarra a una familia entera, en un tramo que va desde la Via Galilei hasta la Via della Repubblica. La calle lleva cortada al tránsito desde hace unas horas. En un terrible accidente donde se han visto implicados una familia paduana y un camión alemán. El camionero ha resultado ileso y parece que, después del accidente, ha podido salir por su propio pie y ha ayudado a socorrer a los pasajeros del vehículo. La familia la componían cuatro personas: los padres y sus dos hijas. Por desgracia, la madre y una de las niñas han fallecido en el accidente. El impacto frontal ha sido tan fuerte, que el conductor y el copiloto no han tenido ninguna oportunidad. Lamentamos que la información aún no es demasiado consistente. Repetimos, han perdido la vida una joven madre y su hija. Por lo visto, la familia regresaba de unas vacaciones en el Trentino y había anticipado su regreso. El hombre y la otra niña están heridos de gravedad. Se cree que la causa, aunque no estaba claro en un primer momento, sería un posible fallo mecánico del camión que, al salir de una rotonda, invadió el carril contrario. Los agentes siguen investigando las causas. Los bomberos han tenido que intervenir para extraer los cuerpos del turismo y un helicóptero los ha llevado rápidamente al hospital. Recordemos: han perecido la madre y la hija en el siniestro, mientras el padre y la otra niña han sido trasladados en helicóptero al hospital. Las cajas negras de los vehículos serán claves para saber qué ha ocurrido exactamente. Por ahora, lo único cierto es que una familia italiana al completo se ha visto inmersa en una verdadera tragedia.

Julián, de Crónica en directo web, esto es todo, desde el lugar del siniestro. Devolvemos la conexión a los estudios centrales.

LA ESPERA

"Carlota, ¿quieres que te traiga un café?", preguntó Augusto.
Ya habían pasado varias horas y el padre seguía tendido en la cama, apático e inmóvil, con la mirada perdida y sin ningún indicio de reacción.

"Sí, gracias Augusto. Un café largo y sin azúcar, por favor".
"¿No me digas que estás a dieta?".
"No, no...", respondió Carlota esbozando una sonrisa.

"Toma, el café...".
"Gracias Augusto, eres muy amable".
"De nada. Mi turno acaba ahora pero tengo que ir a buscar a mi padre a la fábrica, que termina el suyo. Me gustaría quedarme un poco más contigo para hacerte compañía...".
"Gracias, no pasa nada. Pero ¿nos vemos mañana, no?", Carlota se ruborizó al decirlo.

"¡Por supuesto: yo trabajo aquí!", contestó Augusto riendo y añadió:

"Que vaya bien. Tú tranquila que ahora llega mi compañero. Es muy bueno y simpático, ya verás. Si hay algún problema toca el...".
Carlota le interrumpió:

"Si hay algún problema, te llamo... pero para hacerlo, necesito tu número", dijo muerta de vergüenza.
Carlota pensaba que era tonta por no haberle pedido su número antes, pero creía que ya lo tenía. Ahora, era una ocasión perfecta para conseguirlo.

No se lo había planteado, pero quizá, en aquel momento de su vida, le invadía un sentimiento especial. El amor llamaba a su puerta, por primera vez desde que le había dado la espalda, desde el accidente.

En pocos minutos, entró Eros, el enfermero del turno de noche. Era un hombre de unos cincuenta años, de apariencia tranquila Tenía el cabello rizado y llevaba unas gafas con la montura de plástico negro. También entró el doctor Benedetti que tomó el pulso al paciente. Luego sacó una pequeña linterna del bolsillo y la pasó por los ojos de Lorenzo, que no reaccionó. Apretó los labios y pensó durante unos instantes, antes de decir:

"Carlota, quizá esto nos lleve más tiempo del previsto. Si quieres puedes volver mañana. Ya es más de medianoche".

"No se preocupe doctor, tengo mucha paciencia. Me quedo a esperar".

"De acuerdo, pero hago que te preparen una cama aquí al lado de la suya".

"No, no será necesario, muchas gracias doctor".

"De acuerdo, yo estaré toda la noche de guardia, si necesitas algo, llámame a mí o al enfermero".

"Sí, gracias doctor".

Benedetti se marchó.

Carlota pasó casi toda la noche en vela. Hacia las cinco de la madrugada se adormiló en la silla. El enfermero la observaba con mirada paternal. Quería traerle un cojín o disponer una cama, pero sabía que la habría despertado y no se volvería a dormir. Se veía una chica muy decidida y apreciaba el amor que sentía por su padre. Él trabajaba en aquella clínica desde el día de su inauguración y recordaba a aquella niña que cada día paseaba de la mano de Raimundo por los pasillos. Ahora estaba allí sentada y se había hecho una mujercita.

Carlota se despertó a las siete. Con los ojos medio abiertos, miró a su padre que permanecía en la misma posición en la que estaba cuando ella se durmió.

"¿Quiere un café, señorita?", le sugirió el enfermero.
 "No, no, muchas gracias. Me voy dar una vuelta para estirar las piernas".
"Muy bien señorita, yo me quedo con él. No se preocupe".
"Muchas gracias. Si hay novedades me manda llamar. Voy a comer algo".
"Perfecto".
"Bien, ahora vuelvo".
Carlota salió de la habitación y recorrió el pasillo hasta el ascensor. Decidió ir a dar un paseo por el jardín. Se detuvo delante de la estatua de su madre y su hermana: "Muy guapas", pensó. No tenían flores en el jarrón, pero, curiosamente, a la altura de su pie había crecido una margarita. La observó unos segundos, esa flor la puso de buen humor. Se giró y se encaminó hacia el comedor para desayunar. No había comido nada desde el mediodía anterior.

"Un cappuccino y dos donuts, por favor", pidió.

"Enseguida señorita", le respondió la camarera.
Cogió la bandeja y se sentó en la terraza del restaurante. Mordisqueó el donuts y luego se lo acabó a grandes bocados, como llevaba haciéndolo desde niña.

"¡Muy buenos días!", le saludó efusivamente Ester.

"¡Oh, buenos días!", dijo sorprendida al verla.
Ester ya estaba alegre a primera hora de la mañana. Se conocían mucho; era la responsable del laboratorio de investigación y buena amiga de la familia. Tenía alrededor de los sesenta años y

se había casado con uno de los amigos más apreciados de su padre, Alessandro, al que conoció cuando ella y su madre, que eran íntimas amigas, fueron de vacaciones a Trentino.

"Buff, veo que no has dormido mucho esta noche... Señorita, ya sabes que debes cuidarte. Cuando tu padre despierte tiene que verte en forma, ¡y no hecha un asco!".

"Sí, tienes razón, pero esperaba que el tratamiento hubiera funcionado más rápido...".

"¡Sí, funciona!", dijo Ester sonriendo.

"Pero debes tener un poco más de paciencia; actúa tanto en el sistema nervioso como en los tejidos, restableciendo un mínimo de tono muscular, para que el paciente, en este caso tu padre, después de un largo periodo de inactividad, pueda tener las más elementales funciones motoras. Ya sabes que cuando una persona está paralizada tanto tiempo se requieren meses para obtener un mínimo de independencia motora".

"Sí, lo sé, pero ya me conoces...".

"Ya, pequeña. Gracias a Dios lograremos tratar muchas enfermedades con el nuevo tratamiento. Voy a ver a tu padre, ¿vienes?".

"Sí, sí... acabo y voy en un minuto".

"De acuerdo, tranquila, acaba, no hay prisa".

Carlota acabó de desayunar, se pasó una servilleta por las comisuras de los labios donde había quedado alguna migaja y luego subieron juntas.

"Y tu abuelo, ¿cómo está?, ¿ha venido?", le interrogó la doctora.

"No Ester. Se ha quedado en casa. Le resulta muy duro venir aquí, ya lo sabes. Y, además, si mi padre se despertase, no sé cómo reaccionaría ante tanta emoción".

"Sí, tienes razón. Primero perdió a tu madre y a tu hermana en el accidente, sus queridas hija y nieta para, años después, perder a tu abuela; su gran amor".

Estuvo unos instantes callada y luego apoyó afectuosamente su mano en el hombro de Carlota y añadió, en tono de aprecio y respeto:

"Creo que él nunca se rindió porque tenía que cuidar de ti y educarte y además, debía tirar de la empresa adelante... ¡Es un gran hombre! Debe haber sido muy duro".

"Ya...", respondió Carlota, que miraba seria a Ester.

Llegaron a la planta y recorrieron el largo pasillo. Carlota se detuvo un momento delante de una habitación en la que había un niño tendido en la cama con la cabeza vendada.

"¿Qué le ha ocurrido a este niño, Ester? Ven un momento".

Ester estaba unos metros delante de ella, se giró y retrocedió con sus típicos pasitos, pequeños y rápidos.

"No lo vi ayer, Ester", hablaba haciendo un gesto con la cabeza señalando al niño.

"Sí Carlota, este niño ha llegado hoy, es un caso crítico, somos su única esperanza. Tiene una enfermedad que creíamos erradicada desde hace años".

"¿Y qué es?".

"Cáncer. Lo estamos curando. Somos una de las pocas clínicas del mundo equipadas para ocuparse de estas enfermedades raras".

Carlota tenía los ojos empañados en lágrimas mientras miraba a aquel chiquillo que a su vez la miraba y le sonreía. Una sonrisa tierna y dulce como sólo los niños son capaces de hacer a la que ella respondió saludándole con la mano.

“¿Pero, estás segura?”.

“Claro Carlota”.

“Sí, ya lo supongo, pero... un niño tan pequeño, no es justo que sufra...”.

“Sí, es una pena, pero la vida es así, en lo bueno y en lo malo. ¡Creo que ya lo sabes!”.

“Sí”, dijo Carlota mientras saludaba al niño. Él le respondió agitando su débil y pequeño bracito, cansado de sólo alzarlo.

“Hola”, dijo el niño con voz ahogada.

“Vamos Carlota”.
La chica se secó dos grandes lágrimas de la cara sin que nadie la viera.

“Perdone señorita...” Un niño, que seguramente estaba visitando a un pariente, estaba delante de ella, mirándola.

“¿Si?”.
“¿Sabe que se parece mucho a la estatua del jardín?”.
“Sí, ya lo sé. ¿Sabes?, aquella más alta es mi madre y la más bajita es mi hermanita”.
Carlota se inclinó para mirar los oscuros ojos de aquel chiquillo delicioso y curioso, de unos seis años, con el cabello rizado y negro y que llevaba una mochila con un dinosaurio.

“Oh, ¿así que tu mamá no está aquí contigo? ¿Unos rayos la han congelado y la han convertido en estatua?”.
Ella sonrió ante tal ocurrencia y le acarició la cara con dulzura.

“Ves, mi mamá y mi hermanita aún están vivas en mi corazón. Esa estatua sirve para recordármelo cuando estoy triste o me siento sola”.
“¡Ah, ya entiendo!”.

En ese momento, la madre del niño le llamó, él fue corriendo hacia ella, abrazándose fuertemente a su pierna. Después, se giró y saludó a Carlota diciendo:

"Adiós señorita. Salude de mi parte a su madre y a su hermana". A Carlota este encuentro le dio una gran felicidad. Amaba a los niños.

"Ya estamos aquí", dijo Ester mirando a Lorenzo inmóvil en la cama. "¿Se ha movido, enfermero?".
"No doctora, ha permanecido así, inmóvil. ¿Me lo llevo a tomar el aire?".
"Déjalo aquí, veo que ya va recuperando el tono muscular. ¡Bien! Es sólo cuestión de tiempo. Mejor que lo haga ahora que está en la cama. ¡No podemos prever su reacción!".
"¿Piensas que está mal? ¿Cómo reaccionará?", preguntó Carlota que había entrado en la habitación.

"¿Ves, Carlota? Creemos que tu padre sueña. Nuestras máquinas indican que cuando llega a un cierto punto, su cerebro bloquea el impulso, después los picos se disparan y luego descienden. Para que lo entiendas".
"Lo entiendo. Esperemos...".
"Estate tranquila. ¿Somos o no somos los mejores?".
Diciendo esto, Ester dio una carcajada con la que contagió a todos los presentes.

"¿Me he perdido algo?", dijo el doctor Rossi, el vicedirector de la clínica.

"No, no, nada, nada... Bueno, debo irme. Avisadme si hay alguna novedad. ¡Aunque por lo visto todo sigue su curso!".
Ester salió riendo de la habitación hacia su laboratorio.

“¿Cómo está, señorita Carlota?”.

“Bien, gracias doctor. ¿Y usted? Su mujer y su hijo, ¿están bien?”.

“Sí, muchas gracias. Estamos todos bien, por suerte. Bueno, le dejo. Debo terminar mi ronda”.

“Vale, que vaya bien doctor”.

El médico se marchó. Era un cirujano cardiovascular, del Abruzzo, de fama internacional. Llevaba casi diez años trabajando allí como jefe de residentes e investigador de técnicas de vanguardia. Muchos apostaban por él como futuro nuevo director. Era un hombre alto, con ligero sobrepeso, de más de un metro setenta, rubio y de ojos oscuros. Estaba casado con una pastelera boloñesa y hacía poco que habían sido padres de una niña.

Carlota se sentó y cruzó las piernas, cogió una revista de la mesilla cercana a la televisión. Le gustaban aquellas revistas de cotilleo porque le distraían. Después de un par de horas se levantó.

“Voy a estirar un poco las piernas”, le dijo al enfermero de turno.

“Muy bien señorita, yo estaré aquí”.

Al salir de la habitación, le sonó el móvil.

“¿Sí, diga?”.

“Hola, ¿cómo va?”.

“Abuelo, parece que el tratamiento funciona. Sus músculos se están tonificando y Ester dice que la secuencia para el despertar está funcionando”.

“Perfecto Carlota. ¡Esperemos que esta sea la buena!”.

“Sí abuelo. Creo que Ester sabe lo que dice”.

“Lo sé querida, pase lo que pase, ¡nosotros no nos rendiremos, recuérdalo!”.

"Abuelo, echo tanto en falta la voz de papá... pero soy optimista". La voz de Carlota se quebró, sus ojos se humedecieron.

"No, tengo que irme, si hay cualquier novedad, te llamo".
"¡Señorita, venga rápido!", dijo el enfermero que había salido corriendo al pasillo a buscarla.

"¿Qué ocurre?".
"¡Su padre empieza a moverse, ya lo habían dicho los médicos!". Carlota entró corriendo en la habitación con el corazón en la garganta. Casi estaba temblando. Se acercó a la cama, su padre movía apenas imperceptiblemente los pies y las manos. Después, incluso movió un poco la cabeza. Su mirada aún seguía perdida en el vacío.
Carlota, con la voz llena de emoción, dijo:

"Papá, ¿me oyes? Soy Carlota ¿me oyes?".
Le cogió la mano derecha y la apretó entre las suyas para transmitirle su calor, su amor.

EL RETORNO

En un momento dado, Lorenzo abrió la boca y soltó un sollozo, un balbuceo indescifrable.
El médico titular, el vicedirector y Ester entraron corriendo en la habitación.

"Carlota, apártate un momento. Tranquila que vamos a administrarle una inyección para estimularle el cerebro".
Dentro de la habitación había mucha agitación.
Carlota se alejó del lado de su padre con cierta reticencia. Tenía los ojos hinchados y la cara bañada en lágrimas.

"Querido Lorenzo, te pongo una pequeña inyección que te permitirá retomar tu vida en unos días. Tu hija te necesita".
Mientras pronunciaba estas palabras, Ester insirió la aguja bajo las cervicales, presionando para efectuar una pequeña punción. Ella también tenía los ojos empañados en lágrimas, al pensar que podría devolver a un padre su amadísima hija.

"Vale Carlota, puedes acercarte. Al inicio le costará hablar, pero el tratamiento está pensado para que actúe, incluso, sobre las cuerdas vocales. Sólo es cuestión de tiempo. Tu llámale, haz que se gire hacia ti, háblale...".
"Sí Ester...", contestó obediente.
Carlota lloró copiosamente durante unos minutos. Apretó los labios, respiró hondo y se acercó a su padre. Colocó la silla al lado de su cama y se sentó. Mientras se secaba las lágrimas con la mano, empezó a hablarle cogiéndole las manos.

"Papá, te echo tanto de menos. Te necesito. Necesito tus consejos, tu voz, tu sonrisa", le confesó la hija.

Le hablaba dulcemente, cerca de su cara, esbozando una sonrisa que parecía querer contagiarle toda su infinita esperanza y su amor.

Lorenzo cerró los ojos y dejó de moverse. Con sus manos cogidas. De pronto, abrió los ojos y empezó a gritar palabras incomprensibles, mientras apretaba cada vez más las manos de su hija.

Carlota, asustada, dio un salto de la silla y se tapó la cara con las manos.

Ester y el médico sujetaron a Lorenzo, mientras éste les propinaba patadas y puñetazos. Por suerte, aún estaba muy débil, pero aún así, Ester recibió un par de golpes en el estómago.

Lorenzo se detuvo unos instantes y, seguidamente, volvió a gritar y a agitarse. Estuvo así durante casi media hora alternando episodios de calma de pocos segundos.

"¿Qué pasa, Ester?", preguntó Carlota conmocionada.

"Está volviendo en sí, Carlota. ¡Vamos Lorenzo, vuelve!", aseguró Ester.

Lorenzo se detuvo. Permaneció quieto durante diez interminables minutos.

Todos le observaban cuando, de pronto, volvieron la agitación y los espasmos. Otra crisis.

Carlota acercó su cara a la de su padre, pero la separó porque éste empezó a gritar. Esta vez se entendió perfectamente el nombre de Francesca, Ariel, Carlota. Luego empezó a llorar desconsoladamente.

"Está volviendo, está volviendo...", se alegró Ester, que abrazaba a Carlota, llorando también.

Lorenzo se detuvo de nuevo. Con los ojos cerrados, las lágrimas le resbalaban por la cara. Carlota, soltándose del abrazo maternal de Ester, se acercó a su padre. Llegó el abuelo. Estaba de pie, con la mano apoyada en el marco de la puerta, mientras presenciaba aquella escena desgarradora y llena de emoción que hacía temblar a su viejo corazón.

"Papá, soy Carlota, ¿me ves?, ¿me oyes?".
Lorenzo reabrió los ojos y la miró. Carlota vio una luz en la mirada de su padre. Si la felicidad tuviera forma y se representara como una persona, seguramente, en ese momento, sería ella.
Lorenzo levantó un poco la cabeza con dificultad y la giró hacia ella. Entornó sus ojos en aquella cara tan pálida y escuálida para focalizar a aquella muchacha que tenía un aire familiar. Ella permaneció inmóvil, mirando atónita la mano de Lorenzo, que se acercaba lentamente a su cara.

"Carlota, Carlota... ¿eres tú?", susurró con un hilo de voz por la emoción.

"Sí, soy yo, papá, soy tu niña". Le cogió la mano apretándola fuertemente.

"Es un milagro. Pensaba que tu también habías muerto en el accidente, pero estás aquí".
"Sí papá. Estoy aquí, contigo".
A Lorenzo se le iluminó el rostro. Lloraba porque su hija, que creía perdida, estaba viva, a su lado.
Desde el día del accidente, no pudo superar el dolor inmenso de la pérdida de su familia; sus tres amores. Así abandonó la vida, refugiándose en un sueño, en el recuerdo de los últimos días de felicidad que pasaron juntos.
Las paredes, las personas que allí había, desparecieron y el silencio llenó la habitación.
Incluso el tiempo parecía haberse detenido mientras su corazón se desbocaba ante aquella visión. Padre e hija juntos de nuevo. El mundo de Lorenzo renacía ante él, en aquella chica que, a sus

ojos cansados pero llenos de júbilo, volvía a ser su niñita, su pequeña Carlota. Con dificultad, la mano temblorosa de Lorenzo acarició el rostro de su hija, con dulzura y amor.

Índice

Verano 3

Instantes 14

Vacaciones En Familia 16

Juntos 27

Passo Manghen 35

La Tentación 49

Regina 57

La Cura 69

Regreso 72

El Abandono 77

Carlota 82

La Espera 90

El Retorno 99

www.ingramcontent.com/pod-product-compliance
Lightning Source LLC
LaVergne TN
LVHW051451170726
843492LV00002B/636